Tina Furahn

Und schließlich sogar Sonnenuntergang

Kurzgeschichten

Bibliografische Information der Deutschen Nationalbibliothek:
Die deutsche Nationalbibliothek verzeichnet diese Publikation in der deutschen Nationalbibliografie; detaillierte bibliografische Daten sind im Internet über dnb.dnb.de abrufbar.

©2024 Tina Furahn
Herstellung und Verlag: BoD – Books on Demand, Norderstedt
ISBN 978-3-7583-2578-6

Für Alexander

Wir sollten immer bereit sein,
uns zu verändern,
aber nie,
uns zu verbiegen.

Inhalt

Ein Herr mit Hund

Prüfungstag am Heiligabend

Liebe

Stimmlos

Mein Strohhalm

Hinauf

Der Brief

Tanja

Unsichtbare Bande

Tagebuch einer Krankenhauszeit

Die Dicke und die Dünne

Im Einsatz für die Gerechtigkeit

Die Tasche des Studenten

Fragen Sie am besten mich!

Heimatsuche

Und schließlich sogar Sonnenuntergang

Ein Herr mit Hund

Er war längst an mir vorbeigegangen. Sein Hund rieb noch seine Nase an meinem linken Bein, bevor auch das altersschwache Tier an mir vorbeitrottete. Dass er sich noch einmal umdrehen und mich sogar ansprechen würde, kam mir nicht in den Sinn.

Als er plötzlich neben mir stand, kaum wahrnehmbar durch das Dunkel des frühen Abends eines graunebligen Januartages, steckte ich noch mit meinem Oberkörper im Kofferraum meines Autos, um die Taschen in eine Reihenfolge zu bringen, die den Abtransport in *einem* Gang ermöglichen könnte. Zwei, drei leichtere in die eine Hand, die schwere Laptoptasche, die nicht nur den PC, sondern auch diverse Arbeitsmaterialien enthielt, in die andere. Ich erschrak fast zu Tode, als er mich ansprach. Freundlich. Ja, schon. Auch eingeleitet mit einem durchaus höflich distanzierten *Guten Abend*. Aber, ungeahnt! Da muss man schreien dürfen.

Er tat etwas empört, rief dann seinen Hund zurück, der gerade in die andere Richtung an meinem Auto vorbeischlich und wagte es schließlich, mich noch einmal anzusprechen.

„Guten Abend. Entschuldigung."

11

Er war ein Opi-Typ, auf den ersten Blick nicht unsympathisch. Sein silbergraues Haar dicht und leicht gewellt. Das wirkte beeindruckend auf mich. Ich habe schon immer eine Schwäche für Männer mit dichten Haaren, wenn auch alle Männer in meinem Leben nie zu diesen Glücklichen gehörten. Also erwiderte ich mit unterdrücktem Groll und so freundlich, wie es einem nach einer solchen Schrecksekunde möglich ist, seinen Gruß.

Das schien ihn zu ermuntern.

„Kann ich Sie mal was fragen?!

Wie sehr ich dieses *Kann-ich-Sie-mal-was-fragen?* hasse! Es ist so alternativlos. Eine Pseudofrage, die den Angesprochenen darauf vorbereiten soll, dass nun gleich etwas Unhöfliches oder Peinliches oder sehr Privates, auf jeden Fall in irgendeiner Weise Übergriffiges folgen wird. Und warum in der Welt sollte ich dazu nun auch noch mein Einverständnis geben?

Zeit meines Lebens war ich zu feige, auf diese Frage mit einem klaren *Nein* zu antworten. Vielleicht ist jetzt der Zeitpunkt für mich gekommen, Widerstand zu leisten.

„Hm", murmelte ich, dabei fast unmerklich nickend.

Na, toll! So sah also mein Widerstand aus. Eine Sekunde genügte, um den Feigling in mir zum Sieg zu führen. Bloß nicht anecken! Immer schön angepasst.

Seine Worte brauchten etwas Anlauf, bis sie es wagten, die Frage zu formulieren.

Er habe beobachtet...

Ja, dachte ich. Immer schön herum um den heißen Brei. Warum sagst du nicht, dass du *mich* beobachtet hast. Beobachtet, registriert, vielleicht auch notiert und scheinbar noch nicht vollends akzeptiert, dass ich hier oft mein Auto parke, dass ich mit Taschen bepackt in das schönste Haus am Flussufer hinunter an die Promenade gehe. Dass ich meist erst am Freitag wieder auftauche, mein Auto belade und somit an Wochenenden nie zu sehen bin.

Er habe beobachtet... Sicher. Daran zweifelte ich nicht.

Beobachten und sich keinen Reim darauf machen können, das muss doch eine Qual sein. Inzwischen bezweifle ich sogar die Zufälligkeit unserer Begegnung. War er gekommen, um mich auszuspionieren?

War er.

„Sind Sie neu hier in der Straße? Wohnen Sie unten im Haus am Havelufer?"

„Hm", sprach wieder der Feigling aus mir und wieder nickte ich mit abgewandtem Blick.

Das Haus habe doch aber zwei Wohnungen, dozierte er. In der einen lebe Rosemarie K., die Besitzerin und dann gäbe es da im Haus noch deren Tochter mit ihrer Familie. Seine Augen hefteten sich fest auf meine, als ich kurz das Auspacken meines Autos unterbrach und mich ihm zuwandte.

Das wusste ich doch! Aushorchen. Weitertratschen. Den Lebenssinn daraus ziehen, etwas zuerst zu wissen, sich vor allen anderen empören zu können, mit dieser Empörung Stimmungen zu provozieren und Meinungen zu streuen. Das steckt hinter diesen *Ich-hab-da-mal-´ne-Frage-Fragen*.

Ich schwieg etwas zu lange. Mein Blick hielt seinem stand. Dann verriet ein nervöses Blinzeln seine Unsicherheit. Mich bestärkte es. Also doch Widerstand. Jetzt oder nie.

„Wissen Sie was, ich mache ihnen einen Vorschlag."

Geht doch, dachte ich. Und tatsächlich war es gar nicht so schwer, ihm zu erklären, dass ich ihm Auskunft geben würde über mich und meine Person, meinen Aufenthalt an diesem wunderschönen Ort, wenn es sein muss auch über meinen Familienstand, meine Berufsausbildung, meine Lieblingsspeisen, meine Blutgruppe. Mit einer Bedingung: Im Vorfeld würde ich all das von ihm erfahren.

Volltreffer!

Er stand wie vom Blitz getroffen vor mir, die Augenbrauen hochgezogen und die Augen weit aufgerissen.

Das kannte ich.

Das ist der Gesichtsausdruck meiner inzwischen erwachsenen Tochter, wenn Sie mit dem Gesagten nicht einverstanden ist und ihren Gesprächspartner das Gefühl ereilen soll, er gehöre unweigerlich und sofort in Behandlung.

Am Wochenende zur Uroma ins Pflegeheim? Niemals! Nicht an diesem Samstag! Nicht, wenn sich ihr Freundeskreis zur Gartenparty trifft! Wie könne eine Mutter, die Herr (oder Frau) ihrer Sinne ist, ernsthaft einen solchen Vorschlag machen?

Ich konnte.

Und ich wiederholte gegenüber dem Herrn aus der neuen Nachbarschaft meiner Zweitwohnung sogar mein Angebot. Informationen gegen Informationen.

Am nächsten Tag wird mir Rosemarie erzählen, dass Herbert sowieso und schon immer ein Schnüffler sei. Früher wäre er bei der Volkspolizei der DDR der Chef des Fuhrparks gewesen. Wenn du ein Ersatzteil für deinen Trabbi brauchtest, war Herbert eine aussichtsreiche Alternative zur aussichtslosen Autowerkstatt um die Ecke, wird sie sagen, und auch, dass man sich auf ungewöhnliche Gegenleistungen gefasst machen musste. Meist wollte er Informationen über diesen oder jenen in der Nachbarschaft, über den Westbesuch der Müllers und die Quelle des neuen Autos der Meyers.

Er wusste Bescheid. Genau das wusste er, über jeden und alle wusste er Bescheid.

Natürlich wusste er, dass die Wartezeit auf den Wartburg der Meyers noch nicht abgelaufen war. Wieso fuhren sie das neue Auto schon stolz durch den Ort? Er wusste, dass die Frau vom Schönemann an der Brust operiert wurde und dass der Silberdorf sein fünftes Kind zur Adoption freigegeben hatte. Die Leute im Dorf mochten ihn nicht, wird Rosemarie mir erklären. Er war dennoch zu ihren runden Geburtstagen willkommen, zur Einweihung der Stein für Stein selbst gebauten Garage und erst recht zu jeder Jugendweihe, zu der er den Jugendlichen, die ihn kaum kannten, wertvolle Briefumschläge gönnerhaft überreichte.

Er verstand es, Abhängigkeiten zu schaffen. So mancher profitierte davon.

Nach der Wende gab es Versuche, ihm eine Stasi-Vergangenheit nachzuweisen, was niemandem gelungen sei.

„Aber ein Zuträger – weißt du, einer von der übelsten Sorte – das war er", wird Rosemarie mir mit Nachdruck zu verstehen geben.

Meine Vermieterin ist fast Siebzig. Die Wende liegt zweiunddreißig Jahre zurück, doch ihre Verachtung gegen Herbert Ich-Weiß-Nicht-Wie hat sie nicht abgelegt. Seinen Nachnamen wird sie nicht nennen und es wird mir erscheinen, als wolle sie dadurch eine unglückbringende Floskel vermeiden.

Der Herr mit dem Hund schien gekränkt. Er zog wortlos weiter und ließ mich schweigend zurück.

Ich schwankte zwischen einem Gefühl der Erleichterung und der unbefriedigten Neugier. Er war auf mein Angebot nicht eingegangen und ich somit nicht verpflichtet, mich zu einer Unterhaltung oder gar mehreren längeren Gesprächen mit ihm zu treffen. Und doch schien sein Leben mir interessant. Vielleicht hätte sich das Bild, das die Dorfbewohner von ihm verbreiten, ganz anders dargestellt.

Seit unserer Begegnung an meinem Auto geht er mir aus dem Weg. Er wendet sich ab, weicht meinem Blick aus und erwidert meinen Gruß nicht.

Nur manchmal kommt sein Hund altersschwach über die Straße zu mir getrottet und reibt seine Nase an meinem Bein.

Prüfungstag am Heiligabend

Alle sind gekommen. Daran hält sie fest.

Das Weihnachtsfest wird wieder einmal ganz nach ihren Wünschen im Kreise der Familie in ihrem Haus gefeiert. Das ist ein Glück. Ein großes Glück. Das größte des Jahres. Ihre Kinder, Schwiegerkinder, Enkelkinder. Das lässt sie sich nicht nehmen. Wenigstens nicht diesen einen Abend, den Heiligabend.

Sie hat es sich geschworen nach dem Winter 1984, dem Jahr, an dem sie am Heiligabend eine Prüfung ablegen musste, denn ihr Studienjahr in der Sowjetunion wurde nach dort geltendem Festkalender organisiert. Da half kein Bitten und Betteln der Studenten aus der DDR.

Väterchen Frost kommt hier im Januar. Am 24. Dezember können die deutschen Studenten zu einer Prüfung gehen, dachte man sich wohl, damit sie nicht nur wehmütig zusammensaßen und Tränen des Heimwehs in Bächen flossen.

Sie wird diesen Tag nie vergessen.

*

Die Prüfung läuft gut. Das Thema liegt ihr. Sie ist gut vorbereitet. Das Lächeln des Professors ermuntert sie. Professor Marojew, Experte für Literatur des russischen Realismus, neigt nach den ersten Sätzen zufrieden den Kopf und widmet sich seinem Butterbrot.

Pausen passen nicht in diese Aufgabe. Wie auch?

Er nimmt heute Prüfungen ab. Wie am Fließband. Student für Student. Einige sitzen im Seminarraum in den hinteren Reihen und bereiten sich auf das von ihnen eben gezogene Thema vor, während sie nun bereits vortreten durfte, um am Tisch des Professors Platz zu nehmen und ihr Wissen zu dem vor zwanzig Minuten gezogenen Thema zu präsentieren. Mit freundlichen Augen ruht sein Blick auf ihr. Sie ist stolz auf sich. Wie gut sie die Sprache doch schon beherrscht.

„War das alles?"

Marojew greift nach einem weiteren Frühstücksbrot. Sie nickt.

„Und gestern, welche Zensur wurde ihnen gestern erteilt?"

Sie überlegt irritiert. Gestern? Sprachwissenschaft?

„Drei." Unzufriedenheit klingt mit.

Marojew wirkt nachdenklich, scheint dann aber entschlossen.

„Diese Leistung bestätigen sie heute."

Mit großen, exakten Zügen malt der Professor eine Drei in ihr Testatheft und verewigt daneben seine fettigen Finger.

„Nun könnt ihr euer Weihnachtsfest feiern."

19

Ob seine Worte zynisch oder mitleidig gemeint sind, vermag sie nicht zu ergründen. Dass er sie nicht ernst nimmt, daran zweifelt sie jedenfalls nicht.

Heiligabend. Sie geht langsam durch den Schnee. Berge von Schnee. Die Kinder zu Hause können sich schon seit langem nicht mehr vorstellen, dass der Weihnachtsmann mit dem Schlitten kommt. Doch hier. Das reinste Winterparadies. Freude kann sie dafür gerade nicht aufbringen, denn diese Ungerechtigkeit der Prüfungsnote vermischt sich mit einem tiefen Schmerz, geboren aus der Sehnsucht nach einem Weihnachtsabend mit ihren Eltern und Geschwistern im zweitausend Kilometer entfernten Potsdam. Heimweh in Hochform.

Seit Tagen plante sie das Telefonat. Wenigstens ein paar Worte am Heiligabend mit ihrer Mutter zu sprechen, ist ihr größter Wunsch. Die Rubel für das Telefonat wurden mühsam zusammengespart. Schließlich schaffte sie es, einen Gesprächstermin im Telegraphenamt anzumelden. Die Zeitverschiebung hat sie einberechnet. Wenn alles klappt, werden sie zur Bescherungszeit ihre Stimme hören.

Sie stellt sich vor, wie sie zu Hause im Ausnahmezustand sind, weil sie gebannt auf das Telefon der Nachbarin starren. Ihre Familie gehört leider nicht zu den Privilegierten, die einen Telefonanschluss besitzen, aber Frau Zinke hilft gerne aus, sogar am Heiligabend. Ihr Mann, ein Polizist, würde sowieso Dienst haben und die Kinder kämen immer erst am zweiten Feiertag. So wurde eine konkrete Uhrzeit vereinbart und die Nachbarfamilie, so ist sie sich sicher, mit einem Kaffee oder Kakao vor das Telefon gesetzt.

Über die Prüfung kein Wort, denkt sie. Wenn sie überhaupt sprechen können wird. Ein Kloß klebt ihr im Hals. Ein Kloß aus angestautem Heimweh, aus dem Ungerechtigkeitsgefühl der Prüfung und dem Wissen darüber, dass man die DDR-Teilstudenten auch in diesem Jahr in den Wintersemesterferien auf Exkursionen in verschiedene Städte der Sowjetrepublik schicken wird und niemand nach Hause fahren darf.

Das hat sie gewusst. Zugegeben. Es ist so üblich. Die Studierenden der Russischen Sprache und Literatur bleiben ein volles Jahr im Land ohne Zwischenurlaub in der Heimat. Diese Bedingung hatten sie alle bei der Abreise akzeptiert.

Doch nun ist Weihnachten.

Seit August muss sie sich mit spärlichen Informationen von zu Hause zufriedengeben. Briefe gehen drei Wochen oder länger. Viele kommen nie an. Sie weiß es, denn sie nummeriert ihre Briefe. Erst gestern schrieb ihre Mutter, sie hätte Brief 20, 33 und 34 an einem Tag erhalten.

Sie schenkte sich zu Weihnachten dieses Telefonat. Endlich einmal ein direktes Gespräch. Echtzeit. Stimmen und Stimmung vom Weihnachtsabend zu Hause. Der Wintertraum einer Zwanzigjährigen.

Nach einer ungewöhnlich kurzen Wartezeit wird sie in die Kabine 24 gerufen. Sie freut sich. Wenn das kein Zeichen ist! 24! Kabine 24 am Heiligabend.

Schließlich wird sie verbunden und hört es am anderen Ende klingeln. Als jemand den Hörer abnimmt, überschlägt sich ihre Stimme:

„Hallo, hallo. Seid ihr das? Hallo, ich freu mich so."

Die Männerstimme aus dem Land, in dem jetzt Weihnachten ist, klingt barsch:

„Warum schreist du so, Kleine? Rufst wohl aus Sibirien an?"

Ihre Hände zittern.

„Wer sind sie?"

„Hydraulikwerk-Anisdorf. Wachdienst."

Sie schluckt. Die Worte erreichen kaum den Hörer.

„Bin ich nicht mit Potsdam verbunden?"

„Nee, ganz bestimmt nicht."

Falsch verbunden? Das gibt es doch nicht! Nicht für mein halbes Monatsstipendium falsch verbunden!

Sie weiß, dass sie nun erst auflegen, wieder zum Schalter gehen und einen neuen Gesprächstermin vereinbaren muss.

Ihr Atmen wird tief und schwer. Es ist eine weitere Niederlage des Tages. Eine ungerechte Prüfungsnote und eine falsche Verbindung. Das ist mehr, als sie an einem Heiligabend so weit entfernt von zu Hause ertragen kann.

„Liegt bei ihnen Schnee?"

„Bist wohl das Christkind", scherzt der Herr vom Wachschutz aus Anisdorf. „Dann nimm lieber den Schirm."

Sie klaubt ihr letztes Bargeld für ein Eiltelegramm zusammen.

„War falsch verbunden. Bin untröstlich."

Auf dem Weg ins Wohnheim spürt sie den Schnee in ihren Nacken rieseln. Anisdorf, denkt sie, Anisdorf klingt irgendwie nach Weihnachten.

*

Und jetzt, all die Jahre nach dieser Zeit, ist die Erinnerung nah, als wäre dieser Tag erst gestern gewesen. Ihre Familie weiß davon und niemand wird es wagen, am Heiligabend eigene Wege zu gehen.

Alle sind gekommen. Daran hält sie fest.

Liebe

Anna Maria Tischbein verliebte sich während einer Trauerfeier.

Gluthitze lag bleiern über dem Südfriedhof der Stadt, in der sie seit dreiundsechzig Jahren lebte. Die kleine Trauergemeinde bewegte sich schleppend von der Kapelle den schmalen Weg entlang bis zur Grabstätte. Kaum jemand war in schwarz gekleidet. Die Sonne brannte so unerbittlich, dass schwarze Kleidung nur Ohnmachtsanfälle und Hitzeschläge provoziert hätte. Auch Anna Maria Tischbein zog es vor, zur Beerdigung ihrer Freundin ein hellgraues leichtes Sommerkleid zu tragen, das einen kleinen, altmodisch wirkenden Stehkragen mit leicht gekräuseltem Rand besaß. Selbstverständlich war es knielang und verhüllte auch Schulter und Arme.

Seit sie die Achtzig überschritten hatte, trug sie sowieso keine ausgeschnittenen Kleider oder Blusen mehr. Irgendwann, so dachte sie sich, müsse man seine Mitmenschen vor dem Anblick verwelkter Haut schützen.

Dass sie sich verlieben würde, in dieser Kleidung, nein, das hätte sie nicht zu träumen gewagt.

Ganz anders sah das ihre Freundin. Freizügige Kleidung liebte diese schon in ihrer Jugend. Da sie auch im Alter vor kurzen Röcken nicht zurückschreckte, wurde sie oft für jünger gehalten. Zugegeben, sie hatte auch die Figur einer Sechzehnjährigen, wenigstens von hinten gesehen. Und immer noch hoffte sie, sich wieder einmal zu verlieben.

Und nun!? Nun wurde sie hier zu Grabe getragen. Schleichend hatten sich über Jahrzehnte die unterschiedlichsten Gebrechen in ihrem Körper eingenistet. Sie quälte sich von einem Krankenhausaufenthalt zum anderen und war in den letzten zwei Jahren komplett auf fremde Hilfe angewiesen. Ja, sie konnte eine schlanke Figur vorzeigen und zum Arztbesuch kurze Röcke tragen. Aber vom Leben hatte sie nicht mehr viel.

Anna Maria Tischbein stand an diesem heißen Sommertag mit einigen Kilogramm Übergewicht, mit faltigem Gesicht und bedecktem Dekolleté in einem unscheinbaren grauen Kleid am Grab ihrer Freundin und fühlte das volle Leben in sich. Sie brauchte noch keinerlei Gehhilfen, sie war, abgesehen von einer leichten Vergesslichkeit, geistig fit, sie hatte sich auch nach dem Tod ihres Mannes noch immer ihr selbständiges Leben in ihrer kleinen Wohnung erhalten.

Und nun hatte sie sich verliebt. Daran gab es keinen Zweifel. Hier und jetzt hatte sie sich verliebt.

Und ihre Liebe wurde erwidert, da war sie sich sicher.

Erst dachte sie nur, dass sie diesem Mann schon einmal irgendwo begegnet sein müsse. Dann erschien es ihr, als hätte ihre Freundin einen ehemaligen Arbeitskollegen genau so beschrieben und schließlich gestand sie sich ein, dass nichts davon zutraf.

Schon zum zweiten Male hatte er ihren Blick gesucht und sie offen angelächelt. Dann stand er plötzlich neben ihr und als sie etwas strauchelte, nahm er ihren Arm, so dass sie sich unterhaken konnte. Er blickte sie wieder so selbstverständlich an, als wären sie enge Vertraute. Schließlich gingen sie sogar gemeinsam zur Grabstätte, damit sie ihre Rose hineinwerfen konnte.

„Man wird uns für ein Paar halten", sagte Anna Maria Tischbein.

„Ich hätte nichts dagegen", erwiderte ihr Begleiter.

Mehr war nicht geschehen. Jedenfalls nichts, was unbedingt erzählt werden müsste.

Anna Maria Tischbein wusste nun sicher, dass sie diesen Mann nicht von früher kannte, denn, wie sich herausstellte, gehörte er gar nicht zur Trauergesellschaft ihrer Freundin. Er war nur zum Gießen an die Gräber seiner Lieben gekommen. Diese Hitze! Da kam er täglich. Auch sonst gab es nicht viel für ihn zu tun. Warum also nicht zum Friedhof gehen, im Schatten der Bäume gute Luft atmen und den Vögeln lauschen? An besonders heißen Tagen ging er am frühen Morgen und später in den Abendstunden noch ein zweites Mal und meist gab er gleich den Gräbern ringsherum auch noch einen Schluck Wasser. Er hatte Zeit und es war gute, leichte körperliche Betätigung.

Wenn es Beerdigungen gab, blieb er gern stehen, schaute, ob er jemanden kannte, lief manchmal ein Stück hinter dem Trauerzug.

So traf Anna Maria Tischbein tatsächlich diesen Mann zum ersten Mal in ihrem Leben auf dem Friedhof am Tag des Begräbnisses ihrer Freundin und sie begegnete mit ihm der Liebe, sprichwörtlich der Liebe auf den ersten Blick, die sie beide so eindeutig ergriff, dass sie sich ihr ganz und gar hingaben.

Eine sehr späte Liebe, mag so mancher mit Wehmut gedacht haben. Anna Maria Tischbein lebte seit zwanzig Jahren allein. Hätte sie ihm nicht eher begegnen können?

Sie dachte so nicht. Die Liebe kommt, wann immer sie will. Jetzt war sie da und Vernunft und Vorsicht fanden keinen Platz in ihren Gedanken. Wer hat schon so ein Glück?, dachte sich Anna Maria Tischbein.

Nach einem halben Jahr waren sie sich noch immer ihrer Liebe sicher. Nach einem ganzen Jahr hielt er um ihre Hand an.

Anna Maria Tischbein ließ sich ein weißes Kostüm schneidern, bestellte einen Handstrauß aus Feldblumen, reservierte für zwei Personen einen Tisch in ihrem Lieblingsrestaurant und sagte an einem Mittwoch im Spätsommer laut und selbstbewusst JA, als der Standesbeamte sie traute.

Zwei Wochen später starb der Mann, der nun ihr Ehemann war, fast neunzigjährig an einem Herzinfarkt.

Ihr Schmerz über den Verlust mischte sich mit dem Gefühl der Dankbarkeit.

Als sie am Tag der Beerdigung wieder den Südfriedhof betrat, erinnerte sich Anna Maria Tischbein an das plötzliche Gefühl des Verliebtseins. An das Herzklopfen, die zitternden Knie und den wohligen Schauer, der ihren Körper vor etwa einem Jahr an diesem Ort ergriff.

Verwundert blickten einige Trauergäste zu ihr hinüber, denn sie lächelte sanft, als sie eine Handvoll Erde ins Grab warf.

Stimmlos

Der Morgen ist grau und neblig. Auf die Fensterscheiben trifft nasskalter Wind. Die Bäume auf dem Hof biegen sich gefährlich.

In meinem Hals ein seltsam stechendes Gefühl. Worte bringe ich nicht heraus. Heute nicht. Morgen nicht. Nie mehr.

Meine Enkeltochter sitzt neben mir. Das Frühstück wie immer. Sie wirft mir ein paar knappe Sätze entgegen. Eine Antwort scheint sie nicht zu benötigen. Ab und zu bewege ich den Kopf. Meine Augen zeigen Reaktionen, die Stimme nicht.

Wenig später sitze ich noch immer am Tisch. Allein im Haus. Ich bin Inventar, ein Möbelstück, das zwar seinen festen Platz hat, aber nach Jahren der Gewohnheit kaum mehr wahrgenommen wird.

Dann bewege ich mich vorsichtig und ziellos in vertrautem Gebiet. Niemand ist da, der meine Worte gebrauchen könnte. Nicht einmal mir fehlen sie.

Stunden später kehrt die Enkeltochter zurück. Ihre Erschöpfung lässt uns gemeinsam schweigen. Ein Essen genügt ihr. Das Zimmer wird zur Festung, gesichert durch eine Mauer aus lärmender Musik.

Später erfüllen junge Körper das Haus, bringen Worte, Sätze in Fetzen und Laute, die nur ihrer Verschlüsselung standhalten. Ich kann nicht teilhaben an ihren Gedanken und bin ausgeschlossen aus ihrer Sprache.

Am nächsten Morgen werden Sohn und Schwiegertochter zunächst misstrauisch, vermuten schwarze Wolken am Familienhimmel, bemerken schließlich den Vorteil des Schweigens und lassen sich in den Tag fallen.

Ich lausche meinen Gedanken. Sie sprechen unaufhörlich. Sie überschlagen sich, doch finden sie die Straße nicht, die eine Brücke zu den Menschen schlägt. Sie gleichen einem sprudelnden Gewässer, zu voll, zu schnell, zu unruhig, um sich in vorgegebene Bahnen zwängen zu lassen. Im Brustkorb wird es eng. Ich schlucke das Denken herunter.
Niemand vermisst meine Stimme.

Der Zustand zwar bedauerlich, doch bald schon akzeptiert für meine Umwelt.
Der Postbote kann nun schneller weiterziehen. Das freundliche Nicken genügt ihm. Die Nachbarin reagiert mit einem Schwall von Worten, als wolle sie einen leeren Raum füllen.
Mein Schweigen jedoch ist nicht leer. Gedanken formen sich so bewusst, wie noch nie zuvor.

Die wenigen Worte meiner Enkeltochter sauge ich auf, stelle sie auf den Kopf, grübele darüber nach und lasse sie wieder los. Sie berühren mich fern von der Oberfläche in der Tiefe meiner Erinnerungen.

Ich sehe mich als Siebzehnjährige. Ich gehe meine ersten großen Schritte in die Welt ohne schützende Hand. Nicht ohne Risiko. Es macht den Reiz aus. Ich finde Bewunderung, Zuneigung und Liebe, erleide Verachtung, Trennung und Hilflosigkeit. Mein Gesicht will den Wind des Lebens spüren. Mal streichelt er mich zärtlich, mal zerfetzt er mein Selbstbewusstsein. Aber etwas trägt mich, treibt mich an, lässt mich immer wieder aufstehen.

Da plötzlich ruft sie mich, meine Schwiegertochter. Sie bittet mich zum Arzt zu gehen. Sorgt sie sich tatsächlich?

Später schreibe ich meiner Enkelin einen Brief. Am nächsten Tag liegt ihre Antwort da. Nach der Schule geht sie in ein Geschäft und kauft uns ein in Karton gebundenes Heft, fast wie ein kleines Buch. Sie nennt es *Unser Gesprächsbuch*.

Sie schreibt. Ich lese. Sie liest. Ich schreibe. Tag für Tag.

Sie erzählt von Menschen, die sie bewundert, von der Politik, die sie erschreckt, von Ängsten und Enttäuschungen. Ich habe die Chance, von mir zu erzählen. Meine Erinnerungen fallen geduldig auf das Papier. Erinnerungen, die sie immer als das Geschwätz von *damals, als alles besser war* abgetan hatte. Sie tun uns gut, diese Gespräche ohne Rede und Gegenrede. Ich genieße das Nachdenken, Aufnehmen, Antworten.

Ab und zu spricht sie, wissend, dass eine Reaktion erst geschrieben werden muss. Dann kann ich zuhören, Gedanken sortieren und Gefühle.

Alles ist leichter. Das Schreiben füllt die Tage, das Lesen der Botschaften aus der Welt der Jugend macht mich glücklich. Stimmlos vermisse ich nichts.

Mein Strohhalm

Das Gesicht meiner Freundin am Donnerstag ist nicht das Gesicht dieser Freundin vom Montag.

Auch nicht das vom letzten Wochenende – voll Stolz und Glück und Frieden im Herzen.

> Es ist Donnerstag und das Montagsgesicht gibt es nicht mehr.

Dieser Montag, der sonnige Julitag wusste von all dem, was der Donnerstag bringen würde, noch nichts. Nichts von der Diagnose, nichts von den schnellen Entscheidungen, nichts von Ängsten, Hoffnungen und Schlaftabletten.

> Es war ein unschuldiger Montag, bis auf das I-Tüpfelchen ungetrübt.

An ihn will ich denken, wenn auch mich die Donnerstage erwarten.

Hinauf

Um ein Leben zu retten, steigst du Stufe um Stufe. Die morsche Treppe ängstigt dich. Die Balken geben nach, dein Herz verkrampft sich. Aber die Gewissheit, dass du es schaffen kannst, treibt dich weiter. Ein Leben kann gerettet werden, wenn du nur mutig genug bist, wenn du weiterläufst.

Auf halber Strecke stehen Menschen in einer Schlange. Sie warten, sie reden leise, sie warten lange und geduldig.

Du gehst ohne zu zögern an ihnen vorbei und weiter hinauf, denn ein Leben muss gerettet werden. Du hast diesen Auftrag, denn du kennst den Weg, du kennst das Ziel. Du warst selbst das Ziel.

Hundertmal schon bist du diesen Weg gegangen. Wieder und wieder erfasst dich der Schrecken, es nicht zu schaffen.

Als du oben bist, bleibt dir keine Chance. Du wirst überholt, immer wieder schieben sich Laufende an dir vorbei. Alle wollen sie etwas vortragen, um etwas bitten.

Doch du willst ein Leben retten. Das ist das Wichtigste, was man vortragen kann.

Niemand glaubt dir.
Niemand versteht dich.
Niemand lässt dich durch.

Dann bist du endlich am Ziel, du bist ganz oben und doch kannst du das Leben nicht retten.

Schließlich wirst du gebeten, dich hinab zu begeben und dich in die Schlange einzureihen.

Es hilft dir nicht, dass du schon so weit bist.
Es hilft dir nicht, dass du selbst hier oben lebtest.
Es hilft dir nicht, dass dein Anliegen ein Menschenleben betrifft.

Du stehst in der Reihe mit anderen Wartenden und du weißt, dass du das nicht aufgeben wirst, was du doch nie erreichen kannst.

Der Brief

„Es ist nur ein Brief. Jetzt mach schon auf!" Mein Bruder hat so sichtbar schlechte Laune, dass ich ihm einen verächtlichen Blick zuwerfe.

„Der berühmte tötende Blick meiner Schwester", stöhnt er und lässt sich im Zeitlupentempo der Länge nach auf den Fußboden gleiten, bis er entspannt auf dem Rücken liegt, die Augen schließt und keine Miene mehr verzieht. Ich greife einen Schuhkarton voller Postkarten, meist Ansichtskarten mit Urlaubsgrüßen aus aller Welt und kippe ihn über seinem Gesicht aus.

„Er ging von uns, weil die Welt schwer auf ihm lag."

Mein gehässiger Ton ärgert ihn, davon bin ich überzeugt. Doch er rührt sich nicht. Ich kenne ihn seit fünfzig Jahren. Ich weiß genau, er ärgert sich, weil er eigentlich mich aufziehen wollte und ich einfach den Spieß umdrehe, weil er von unserer Mutter dazu verdonnert wurde, mir bei der Wohnungsauflösung behilflich zu sein, weil er Tante Greta nicht mochte, so gar nicht. So sehr nicht mochte, dass er nicht einmal bereit war, sie zur Kenntnis zu nehmen. Bei ihren seltenen Begegnungen schaute er durch sie hindurch. Die Aufgabe, sich um Greta zu kümmern, klebte an mir, schlicht und ergreifend, denn sie war meine Patentante. Er hatte mit ihr nichts zu schaffen und sie nichts mit ihm. Er bezeichnete diesen Zustand als *unbekannt verwandt* und sah sich deshalb von allen Pflichten entbunden.

Unsere Familienbande zur väterlichen Seite hingen sowieso seit der Scheidung unserer Eltern an dünnen Seilen. Ach, was rede ich. Seile? Fäden, waren das, hauchdünne Fäden, denn eigentlich beschränkte sich der Kontakt auf kleine Geldüberweisungen zu Geburtstagen. Erst nach dem Tod unseres Vaters, nach Jahrzehnten der Funkstille, kam Greta wieder in mein Leben. Angeblich hatte wohl mein Erzeuger verfügt, dass sich seine Schwester als meine Patentante im Falle seines Ablebens um mich zu kümmern habe.

Wenn sie das *Sich Kümmern* so aufgefasst hätte wie er, dann würde ich jetzt nicht hier hocken und ihren Nachlass sortieren. Greta nahm die Aufgabe ernster, als mein Vater es je getan hatte. Mich verband etwas mit ihr, etwas, was meinem Bruder nicht vergönnt war. Nicht etwa, dass sie mir das Elternteil ersetzte, das ich von früher Kindheit an vermisste, nein, das nicht. Doch sie *kümmerte sich* – so, wie eine alte Tante sich um eine in die Jahre gekommene Nichte kümmern kann: Sie rief mich an und fragte, ob ich Geld bräuchte. Da ich dies immer verneinte, schien sie zufrieden und begann stets, mir von sich zu erzählen. Sie erwartete auch, dass ich regelmäßig zu Besuch käme, damit sie sich direkt um mich kümmern könne, denn sie wollte den Fehler meines Vaters nicht wiederholen, der jedem Treffen mit uns gekonnt aus dem Weg ging.

Ich machte mir nichts vor. Greta nutzte schamlos meine Besuche aus. Sie sah diese stets als gute Gelegenheit für mich, um nur mal kurz auf dem Weg zu ihr den einen oder anderen Einkauf zu erledigen. Wenn ich mit dem Auto kam, dann könne man doch auch noch schnell einen Ausflug zu ihrer alten Freundin Marta ermöglichen. Was spräche dagegen, wenn ich schon einmal unterwegs sei? „Da sparen wir uns den Kaffee, Kindchen", lautete ihr listiger Kommentar.

Tante Greta kümmerte sich rührend um mich, indem *ich* mich um *sie* kümmerte.

Und genau deshalb mochte ich sie. Denn eigentlich ließ sie mich in Ruhe. Sie hatte im Gegensatz zu meiner Mutter keinerlei Vorstellungen davon, wie mein Leben auszusehen hatte. Sie redete mir nichts ein und mir in nichts hinein. Sie kam nie zu mir zu Besuch, sie wusste nichts besser oder immer schon im Vorhinein. Sie hörte mir zu, wenn ich etwas erzählen wollte und nickte auch manchmal zustimmend. Sie kommentierte nicht, sie interpretierte nicht. Wollte ich einen Rat, so musste ich eine direkte

Frage stellen. Viel lieber wendete sie jedoch das Gespräch so, dass sie von sich erzählen konnte. Das war durchaus anstrengend. Sie hatte oft Schwierigkeiten, die passenden Worte zu finden und ersetzte sie in ihrem Redeschwall gern auch durch *Dings* oder Personen durch *Die* oder *Der*. So manches Mal brach das in meinem Kopf konstruierte Kartenhaus zusammen, wenn ich am Ende ihrer Geschichte etwas nachfragte und sich dann alles ganz anders darstellte. Aber dennoch. Sie hatte etwas zu berichten. Versatzstücke. Meist nicht auf den ersten Blick für mich in ihren Zusammenhängen erkennbar, aber interessant, so dass ich gar nicht böse war, wenn ich die eine oder andere Begebenheit zum wiederholten Male hörte.

Plötzlich fegt mein Bruder die Postkarten von seinem Gesicht. Er richtet sich gequält auf und ich denke, dass er ein alter Mann geworden ist. Alt und verbittert. Nach der Wende war er zu ängstlich, später zu bequem eingerichtet, um seinen Träumen zu folgen. Nicht anecken, nicht aufregen, auf Sicherheit sich im Hinterland aufhalten, als fürchtete er den Schritt in die Welt hinaus, weil dieser nur ein Schritt in den Abgrund sein könne. Er verachtet alle, die an ihm vorbeizogen, die es wagten, ganz von vorn zu beginnen, die sich hier oder drüben eine neue Identität erarbeitet hatten. Er hängt fest in seinem Selbstmitleid, hangelt sich noch immer von einem Job zum anderen, unterbrochen von längeren oder kürzeren

Zeiten der Arbeitslosigkeit. Er kann nicht anders, als Tante Greta zu verachten. Ihre Geschichte, die er nur durch meine Berichte kennt, sieht er als einen Beweis für ein rücksichtsloses, egoistisches Leben an. Ein Leben, das er, so nehme ich an, insgeheim selbst gern gelebt hätte.

Mein Bruder nimmt sich den Brief vom Tisch.

„Dann öffne ich ihn jetzt."

„Lass das!" Ich greife nach dem Brief. Im gleichen Moment zieht er seine Hand weg und wedelt mit dem Umschlag.

„Wie um alles in der Welt kommt die Parteisekretärin eines der größten Textilkombinate der DDR zu einem Briefkontakt mit einem Westdeutschen?"

„Briefkontakt?, erwidere ich gereizt. „Es handelt sich hier, verehrter Bruder, um einen einzigen Brief und dieser ist weder von ihr und auch sonst von niemandem je geöffnet worden. Seit fünfzig Jahren nicht geöffnet. Die Frage ist also vielmehr: Warum gab es *keinen* Briefkontakt?"

„Was ist mit der Stasi? Vielleicht hat ja die Stasi den Brief schon gelesen, sie dann informiert, wodurch sie wusste, was drin steht. Wozu dann noch öffnen? Ich denke ja sowieso, dass sie in ihrer Position mit der Stasi zu tun hatte. Du glaubtest ihr immer dieses Märchen von der aufopferungsvollen Parteisekretärin. Immer im Einsatz für das Gute. Mutig gegen die Kombinatsleitung. Ich weiß, du suchst einen Stoff für deinen Roman, aber nein. Tante Greta war langweilig und angepasst. Sie hat sich hochgeschlafen und alle Vorteile mitgenommen. Darauf kannst du wetten. Warum blieb sie denn unverheiratet? Ehrlich. Komm mir nicht mit der heiligen Greta und einer Geschichte des aufopferungsvollen Sich-Versagens irgendwelcher Westkontakte."

Er ist kratzbürstig und genervt. Ich bereue es, ihn mit in die Wohnung genommen zu haben. Alles muss er madig machen, alles, was mit Tante Greta zusammenhängt, denn seiner Meinung nach hätte es einer *Roten Socke* wie ihr nach der Wende nicht so gut gehen dürfen. Aus ihm sprechen der Neid und die Verdrängung des eigenen Versagens. Ich verstehe ihn nicht. Wir waren noch so jung, als die Mauer fiel. Mit Mitte Zwanzig war für uns alles möglich, eine neue Berufsausbildung, eine Umschulung, ein zweites Studium oder eine Weltreise. Tante Greta dagegen wurde aus einem Leben gerissen, das sie in der tiefen Überzeugung führte, auf der richtigen Seite zu stehen. Sie hatte es sich hart erkämpft, als Flüchtlingskind, als Frau. Sie gehörte in der DDR zu den Privilegierten. Dafür verzichtete sie auf eine Familie, auf Mann und Kinder. So beurteile ich das, seit sie mir von sich erzählte. Sie war mit der Partei verheiratet. Wenn ich mir das vorstelle, was dann 1989 auf sie zukam! Eine Talfahrt, ein Sturz von ganz oben nach ganz unten. Ist es nicht anerkennenswert, dass sie sich danach wieder aufgerappelt hat? Ich erlebte sie nie verbittert oder resigniert. Mit fünfund-fünfzig Jahren startete sie ohne zu zögern in eine Umschulung. Erst absolvierte sie eine Ausbildung zur Sekretärin, dann schrieb sie sich in einen Abendkurs für Englisch ein. Beides in Kombination verhalf ihr nach drei Jahren zu einer Anstellung in einem Westberliner Vertriebsunternehmen, wo sie bis zur Rente eine angesehene Bürokraft war. Das ist doch was! Ich weiß nichts von ihren Gefühlen zu dieser Zeit. Weiß nicht, ob sie mit sich haderte, ob sie andere Möglichkeiten hatte. Ob sie an eine frühe Berentung dachte, wie viele in ihrem Alter. Ein, zwei Jahre Arbeitslosigkeit, dann nahtlos in den Vorruhestand und schließlich in den Ruhestand. Für Greta schien das keine Option zu sein. Ihre Gründe kenne ich nicht. Sie ging den Weg des Neustarts und als ich sie näher kennenlernen durfte, gewann ich den Eindruck, dass sie mit diesem Weg zufrieden war.

Aus meinem Bruder spricht der pure Neid. Das liegt auf der Hand.

„Dir hat sie doch bestimmt ein paar Männergeschichten erzählt?" Mein Bruder klingt plötzlich versöhnlich, doch ich misstraue ihm. Er legt den Brief zurück auf den kleinen Couchtisch und setzt sich zu mir.

„Auch nicht nachher? Ich meine nach der Wende. Mitte Fünfzig ist doch noch ein Alter zum Heiraten, oder Schwesterchen?" Er grinst.

Ich überhöre seine Anspielung und genieße das Gefühl, mit meinem Misstrauen im Recht gewesen zu sein. Immer wieder diese Stichelei! Gerade er! Zweimal geschieden. Was soll ich mir von ihm sagen lassen über die Ehe. Insgeheim gratulierte ich seinen Ex-Partnerinnen, wenn sie sich zur Trennung durchgerungen hatten, denn niemand kennt meinen Bruder so gut wie ich, seine Streitlust, seine Rechthaberei, seine Unzuverlässigkeit und das Unvermögen, irgendetwas zu Ende zu bringen. Und dieses Desinteresse an anderen Menschen! Meine Gründe für das Single-Leben interessierten ihn bisher genau so wenig wie das Privatleben unserer Tante. Er gibt sich immer mit den äußeren Eckpunkten des Lebens zufrieden. Unverheiratet. Punkt. Wären wir imstande, einmal, ein einziges Mal ein vertrauensvolles Gespräch miteinander zu führen, hätte ich ihm gesagt, dass es sich für mich nach schmerzhaften Enttäuschungen einfach nicht ergeben habe und ich vermute, für Tante Greta war es auch so.

Ist der Brief wirklich unberührt? Ich greife ihn erneut und untersuche jede kleinste Stelle. Kein Knick, keine Spuren auf ein vorsichtiges Öffnen und wieder Verkleben. Nichts. Der Umschlag ist leicht vergilbt. Die Jahre in der verschlossenen Geldkassette haben ihre Spuren hinterlassen.

In der Geldkassette, zwischen ausländischen Münzen und etwas Goldschmuck. Schon deshalb musste es etwas Besonderes mit diesem Brief auf sich haben. Er war ihr etwas wert. Ein Schatz. Oder ein Geheimnis, das feuerfest verschlossen aufbewahrt wurde. Aber aufbewahrt und nicht vernichtet! Wollte sie ihn doch irgendwann einmal öffnen? Hatte sie ihn dann vergessen oder gar aus den Augen verloren, so dass sie nicht mehr wusste, wo sie ihn aufbewahrte? Oder sollte ich ihn finden? Sollte jemand nach ihr diesen Brief finden und lesen, weil dann etwas erklärt würde, was sie nicht erklären konnte oder wollte?

Einer plötzlichen Eingebung folgend, beginnt mein Bruder den Absender des Briefes im Internet zu suchen. Er hämmert mehrmals auf seinem Handy herum, weil er ohne Brille ständig falsche Buchstaben antippt. Während ich die herumliegenden Postkarten einsammle und dabei die eine oder andere lese, ohne etwas Spannendes aus Tante Gretas Leben zu erfahren, vertieft er sich in die Informationen, die der Name des Absenders hergeben.

Zwei Personen scheinen vom Alter her zu passen. Ein pensionierter katholischer Pfarrer, der der Regionalpresse einer Stadt im Süden Westdeutschlands ein Interview zur Rolle der Frau in der Kirche gibt und ein Mann, der im Zusammenhang mit einer Gruppe von Senioren genannt wird, die sich für den Tierschutz engagiert. Der zweite Beitrag ist jedoch schon vor zehn Jahren eingestellt worden. Außerdem handelt es sich um eine Kleinstadt in Sachsen.

„Alles klar", findet mein Bruder. „Es war der Katholik. Der Ort hier in der Absenderadresse liegt nur einhundert Kilometer entfernt von K., wo das Interview veröffentlicht wurde."

„Ja, ja. Ganz sicher! Alles klar, Herr Kommissar! Einhundert Kilometer. Du spinnst doch!" Mein höhnisches Lachen ignoriert er.

Ich schaue aus dem Fenster. Die Frühlingsblüte hat sich noch nicht durchsetzen können. Der Nachtfrost hält sie auf.

Katholischer Priester? Das passt nicht zusammen. Nicht mit Gretas Leben. Passt auf nichts von dem, was sie mir erzählte. Sie war ganz sicher nicht religiös, nicht als parteitreue Verfechterin des Sozialismus, nicht in ihrer Position. Außerdem liegen ihre Papiere schon seit längerer Zeit bei mir. Geburtsurkunde, Versicherungen, Bankvollmacht, Testament. Eine Taufbescheinigung oder Zahlungsbelege für eine Kirchensteuer sind darunter nicht zu finden. Das ist haltlos, was mein Bruder sich da zusammenreimt.

Entschlossen greife ich ein Küchenmesser und den Brief.

Ein Schreck, dieser fiese kleine Moment des Erschreckens, versetzt mich immer wieder in Handlungsunfähigkeit, denn mit einem Ruck springt mein Bruder auf und schlägt mir das Messer aus der Hand, so dass es klirrend zu Boden fällt. Mit der anderen Hand will er mir den Brief entreißen. Unbewusst halte ich den Umschlag fest und fester, während er kräftiger zieht. Wir sind streitende Geschwister, für die es immer um Macht geht. Sieg oder Niederlage. Stärke oder Schwäche. Es ist ganz gleich, worum wir streiten, es ist immer ein Kampf Aug um Auge, Zahn um Zahn. Wer beherrscht das Feld, wenigstens für eine Weile, bis zur nächsten Auseinandersetzung? Wer von uns ist besser, erfolgreicher, beliebter, wohlhabender? Wir sind als Konkurrenten geboren, denke ich. Der Brief ist wieder nur das Objekt des Zwists. Um ihn geht es eigentlich nicht. Und dann denke ich noch, dass ich davon genug habe, genug von den Sticheleien zwischen uns und all der Missgunst, …dass ich das nicht mehr will und nicht mehr mitmachen werde …und dass ich ihn mit all seinen Macken liebe, meinen kleinen Bruder.

In diesem Moment reißt der Brief entzwei. Jeder von uns hält ein Stück Papier in der Hand.

„Oh", ist alles, was mein Bruder herausbringen kann. Er legt seinen Briefteil auf den Tisch und setzt sich wieder. Vorsichtig hole ich das Blatt aus meiner Briefhälfte heraus und puzzle es mit seinem abgerissenen Teil zusammen.

Die Ziffernfolge auf unserem zusammengesetzten Blatt kann nur eine Telefonnummer sein.

Rasch gibt er alle Zahlen in sein Handy ein, stellt dann den automatischen Hinweis auf die nicht vergebene Nummer laut, so dass ich mithören kann und erfährt nur Sekunden später durch seine blitzschnelle Recherche im Internet, dass die Vorwahl früher einmal genau zu jener Stadt gehörte, die auf dem Absender angegeben ist.

„Zwei Kontaktmöglichkeiten, die sie nicht genutzt hat", murmelt mein Bruder nachdenklich. „Es wird ihr Geheimnis bleiben, denn nur sie könnte uns erzählen, wieso."

Das kann ich nicht akzeptieren! Zu groß ist meine Enttäuschung. Zu gern wäre ich auf eine Liebesgeschichte gestoßen oder auf die Geschichte einer Flucht, vielleicht auch nur auf die Story eines verstoßenen Verwandten. Irgendetwas, was Tante Greta von einer unerwarteten Seite zeigen könnte. Irgendetwas, was mir endlich einen Stoff für meinen lang geplanten Roman bieten würde.

„Uns geht das alles nichts an", legt mein Bruder fest. Dann verkündet er feierlich, dass es unsere Pflicht sei, ihr das sorgfältig gehütete Geheimnis mitzugeben.

„Du meinst, es ihr ins Grab zu legen?"

Er nickt bedeutungsschwer und verschwindet in der Küche. Dass ich den Absender des Briefes und die zusammengepuzzelte Telefonnummer heimlich mit meinem Handy fotografiere, bemerkt er nicht.

Als er wieder im Zimmer steht, hält er eine Packung Streichhölzer und einen Teller in der Hand, legt beides auf dem Couchtisch ab und verschwindet in Tante Gretas Vorratskammer, um nach einer Weile mit einem kleinen leeren Marmeladenglas wieder zu erscheinen.

Andächtig verfolgen wir die Flamme, bis vom Brief nur ein paar wenige Ascheflusen übrig bleiben, die mein Bruder schließlich in das Marmeladenglas füllt.

Als wir uns an diesem Tag vor der Wohnungstür unserer Tante trennen, umarmt er mich fest und lange.

*

Dass meine Mutter nicht zum Friedhof mitkommen würde, hätte ich vorhersagen können. Meinen Bruder scheint es zu kränken. Er nimmt ihr ihre vorgetäuschten Kopfschmerzen übel, denn er findet, das sei sie mir schuldig. Für mich käme er mit, nicht für Tante Greta und das hätte unsere Mutter ebenso tun sollen.

Ich grolle ihr nicht. Mit Greta verband sie nichts. Sie war die Schwester des Mannes, dem meine Mutter die Trennung nie verziehen hatte. Als er starb, übertrug sich ihre Abneigung auf unsere Tante. Meine Mutter hofft für mich auf eine kleine Erbschaft. Nur deshalb unterdrückte sie ihre Eifersucht an jedem Tag, den ich mit Greta verbrachte.

Wir sind die einzigen, die an diesem Vormittag von Tante Greta Abschied nehmen. Mein Bruder steht am Grab ganz dicht neben mir, als würde er mich stützen wollen, falls doch etwas Unvorhergesehenes geschieht. Wie zufällig holt er das kleine Marmeladenglas aus seiner Jackentasche und öffnet mit bedeutsamer Miene den Deckel. Langsam mit Hilfe einer zarten Windbrise rieseln die wenigen Gramm Asche in das kleine Erdloch. Verschwörerisch treffen sich unsere Blicke für einen Moment. Wir sind zwei Kinder, die einen genialen Plan ausgeheckt haben, die durch das Wissen um dieses Ereignis zusammengehören. Blutsbrüder, die kein Kriegsbeil mehr brauchen.

Ich umarme ihn aufrichtig. Der Friede zwischen uns tut mir gut.

Tanja

Tanjas Eltern grüßen verhalten, während sich unsere Blicke für einen kurzen, fast unmerklichen Moment kreuzen. Sie sind alt geworden, denke ich.

Sicher sind sie alt geworden, so alt, wie Eltern sind, wenn wir, ihre Kinder, selbst schon Enkelkinder haben.

Ich hätte sie nicht erkannt, doch meine Eltern, die ebenso wie Tanjas Eltern noch immer im Ort unserer Kindheit leben, begegnen dem Ehepaar von Zeit zu Zeit und wundern sich deshalb, dass ich so ungläubig reagiere.

Nein, ich hätte sie nicht erkannt. Wie auch? Seit vierunddreißig Jahren bin ich weder ihnen noch Tanja begegnet.

Vor einigen Wochen, so versichert meine Mutter mir, hätte Tanja mit einem Kind an ihrer Hand ihre Eltern begleitet. Sie seien langsam im Tempo des Vaters, der leicht ein Bein nachziehen muss, hier am Stadtrand nahe dem Feld spazieren gegangen. Genau dort, wo auch ich während meiner seltenen Besuche mit meinen Eltern *walke*, wie meine Mutter es gern modern ausdrückt, denn sie nutzt Nordic-Walking-Stöcke. Damit fühlt sie sich sportlich und den übrigen Spaziergängern überlegen, selbst wenn ihr Laufstil einem Schlurfgang ähnelt und die Stöcke ihr lediglich als Gehhilfe dienen. Auch mir drängt sie ihre Stöcke auf, die ausrangierten, zweitklassigen, einst preiswert im Supermarkt erstandenen. Sie wechselte längst zum Markenprodukt, empfohlen von der Kursleiterin der *Walking-Power-Senioren*.

Ich hätte mich gefreut. Vierunddreißig Jahre lassen alles, was geschehen ist, verblassen. Groll, Verletztsein, Enttäuschung – nichts trage ich davon in mir. Ich hätte mich so sehr gefreut, Tanja wiederzusehen.

Vor einigen Jahren, als mir von uns ein Foto in die Hände fiel, überkam mich wie aus heiterem Himmel für einen schmerzhaften Augenblick die Sehnsucht nach meiner Kindheitsfreundin so sehr, dass ich sie suchen, finden, in die Arme schließen wollte.

Wir hätten, so stellte ich es mir vor, über die Befindlichkeiten unseres jugendlichen Zwists lachen können und wären neu gestartet in eine Freundschaft, die keine Bedingungen stellen würde. Vorstellen konnte ich es mir.

Während meine Mutter mit ihren Stöcken auf Asphalt klappert und mir munter berichtet, dass Tanja jetzt blonde kurze Haare tragen würde und das Kind an ihrer Hand ihr Enkelkind gewesen sei, das hätten die Nachbarn aus der Nummer Sieben ganz sicher gewusst, höre ich nur halbherzig zu.

Wie alt waren wir? Fünfzehn? Sechzehn?

Das Bild meiner Freundin, das ich in meinen Gedanken trage, zeigt sie mit langem schwarzen Haar und stolzem Gang.

Und auch eine Szene sehe ich wieder klar vor mir: Ich hatte soeben die Kaufhalle verlassen, während sie geradewegs auf das Gebäude zusteuerte. Angst. Freude. Ein sich überschlagendes Herzklopfen. Alles ist wieder da, allein ausgelöst durch die Erinnerung.

Tanja war seit frühen Kindheitstagen meine Freundin, eine *Die-Freundin*, die eine, beste Freundin, die Freundin, deren Abwesenheit traurig macht und deren Verlust im Vokabular dieser unzertrennlichen Freundschaft nicht existiert.

Ich ertrug diesen Streit nicht. Die angebliche Ungeheuerlichkeit des Verrats, die sie mir vorwarf, sah ich als dumme Verkettung von schicksalhaften Ereignissen. Um unsere Freundschaft wollte ich kämpfen und deshalb reden und somit jetzt die Chance am Schopfe packen und mich mit ihr aussprechen. Jetzt und hier. Die zufällige Begegnung erschien mir als Vorsehung.

Schritt für Schritt wurde ich mutiger. Offen blickte ich ihr entgegen. Als sie nur noch zwei Meter von mir entfernt war, blieb ich stehen.

Da geschah das Unvorstellbare.

Tanja wechselte plötzlich die Straßenseite.

Seitdem haben wir uns nicht gesehen, nicht telefoniert, nicht ausgesprochen. Seit vierunddreißig Jahren trage ich diese Szene mit mir herum.

Zum Geburtstag meines Vaters reise ich vier Wochen später wieder in die Kleinstadt meiner Kindheit. Wieder walken wir Frauen mit Stöcken im Schnecken-Senioren-Tempo durch die Straßen in Richtung Stadtrand, während mein Vater bemüht ist, mit seinem hübsch verzierten, hölzernen Gehstock Schritt zu halten. Nordic-Walking-Stöcke hält er für lächerlich, einen Rollator für entwürdigend. Den hölzernen Gehstock, ein Mitbringsel aus dem Urlaub, kann er zähneknirschend als Kompromiss akzeptieren.

Tanjas Eltern erkenne ich diesmal sofort. Ihre Begleitung, eine Frau um die Fünfzig mit blonden kurzen Haaren, hätte ich nicht beachtet, wenn mir nicht meine Mutter von ihr erzählt hätte.

Ich freue mich. Meine schnellen Herzschläge sind pure Freudenklänge. Sie muss es sein. Nach so vielen Jahren.

Wie damals beschleunige ich meine Schritte geradewegs auf sie zu. Jetzt erkenne ich ihre Gesichtszüge wieder.

Sie ist es. Kein Zweifel. Sie ist es.

Offen blicke ich ihr entgegen. Als sie nur noch zwei Meter von mir entfernt ist, bleibe ich stehen.

Tanja neigt sich leicht ihrem Vater zu, scheint ihm etwas zuzuflüstern und blickt flüchtig zu ihrer Mutter.

Und wieder geschieht das Unvorstellbare.

Tanja wendet sich ab. Dann wechselt sie plötzlich die Straßenseite. Ihre Eltern im Schlepptau.

Unsichtbare Bande

An einem warmen Junitag starb Hans Schober.

Welch langweiliger Romanbeginn! Unzählige beginnen so, schlechte Groschenromane, vorhersehbare Krimis. Vielleicht.

Hier aber handelt es sich nicht um einen Roman, nicht um eine Kriminalgeschichte. Es handelt sich um meine Geschichte, um mein wahrheitsgetreu wiedergegebenes Leben. So reell, wie die Wirklichkeit. Es ist nicht meine Schuld, dass das Leben manchmal unwirklicher ist als die Handlung eines schlechten Romans.

Hans Schober starb, ein Arztwagen stand vor der Tür, genau in diesem Moment stiegen meine Eltern in ihr Auto.

Gegen einundzwanzig Uhr wurde Hans Schober in einem Tragebeutel von Mitarbeitern eines Bestattungswesens die schmale steile Treppe hinuntergetragen. Einundzwanzig Uhr zwölf hielt bereits eine Hebamme meinen Körper kopfüber zwischen zwei Fingern, um exakt neunundvierzig Zentimeter in ein Kärtchen einzutragen.

Wenige Minuten später erhielt Frau Schober eine Beruhigungsspritze, während meine Mutter mich im

Arm hielt und mich nicht mehr hergeben wollte, nicht einmal ihrem Mann, meinem Vater. Er kämpfte mit den Tränen. Das Kind durfte er berühren und bestaunen, der Mutter entwenden jedoch nicht.

Als mein Vater aufgewühlt von dem gerade Erlebten zu Hause ankam, begrüßte ihn die Nachbarin zur Rechten mit der Nachricht vom verstorbenen Nachbarn zur Linken.

„Einer kommt, einer geht", so ihr Kommentar. Wie Perlen auf einer Kette schnürte sich die Nachricht durch unsere kleine Straße. Glückwünsche an meinen Vater waren stets verbunden mit Beileidsbekundungen an die arme Witwe Schober, die nun ebenfalls überzeugt davon war, dass nur Gottes Wille den einen gerufen haben konnte, um für den anderen Platz zu machen.

Und so sind stets, bis heute, beide Ereignisse miteinander verwoben.

„Der Kleine hat Geburtstag, denn heute jährt sich der Tag, an dem Hans Schober starb."

„Frau Schober geht zum Friedhof, dann hat wohl heute auch der Lockenkopf von nebenan Geburtstag."

So wurden meine Geburtstage zugleich unbewusste Gedenktage für Hans Schober. Ein imaginäres Band spann sich zwischen mir und ihm, dem Nachbarn meines Elternhauses.

Und manchmal kriecht noch heute ein Gefühl von Schuld am Tod Hans Schobers in mir hoch.

Tagebuch einer Krankenhauszeit

1

Aufnahmebögen und Vorbesprechungen sind durchgezettelt. Mir bleibt eine Welt auf einem Ein-Meter-Neunzig-Laken.

Ungefragt zieht die Angst mit ein und beansprucht mehr Platz, als ich bereit bin, abzugeben.

2

Mit dickem Folienstift malt die Ärztin auf meinem Brustkorb herum.

Ein Schnittmusterbogen.

„Schneiden, Basteln, Nähen. Das ist mein Handwerk", sagt sie.

Es ist nicht leicht, vertrauen wollen können zu müssen.

3

Was kann eine so schwere Nacht nach der Operation trefflicher lindern, als die tröstende Hand einer Schwester und ihre geflüsterten Worten:

„Sie sind doch Lehrerin. Mein Sohn hat so gern bei Ihnen Unterricht.

4

Der Chefarzt starrt ehrfurchtsvoll auf meine Brüste ob der hervorragenden Arbeit der Kollegin.

Seine Augen verraten, die Frau hinter diesem Körperteil vermag er nicht zu sehen.

5

Mein Zimmer liegt der Entbindungsstation gegenüber.

Heute Nacht habe ich mit unzähligen Stoßgebeten mindestens vier Kindern auf die Welt geholfen.

6

Wenn J. kommt, fühle ich mich schuldig.
Er leidet, weil ich leide.

7

Archill Moser nimmt mich mit auf eine Reise eintausendfünfhundert Kilometer zu Fuß über die Alpen.[1]

Er hat Rucksack und Sohn dabei.

Ich trage Thrombosestrümpfe und Lesebrille.

---

[1] Archill Moser: Über die Alpen nach Italien, Hoffmann & Campe

Ein Fleurop-Bote bringt Blumen von meinen Kollegen.

Sehr wirkungsvoll!

Ich starre auf die Blumen und sofort rattern in meinem Kopf Ideen für meine Arbeit.

Zwei Handwerker im Krankenhausflur können ihre betreten-betroffenen Blicke nicht abwenden von meinen Schläuchen und blutgefüllten Batterien, die ich in den Hosenbund gestopft habe.

Als ich versichere, dass sie sich vor meinem Sprengstoffgürtel nicht zu fürchten bräuchten, lächeln sie verlegen.

Die Nachtschwester zeigt sich in Plauschlaune.

Nach unserem Schwätzchen habe ich für den nächsten Ostseeurlaub die Adresse eines Ferienhauses in der Tasche.

Unter meinem Fenster sehe ich eine junge Frau – fast noch ein Mädchen – auf einer Bank sitzen. Lange beschäftigt sie sich mit dem Drehen einer Zigarette, um sie anschließend hastig zu rauchen.

Als sie geht, sehe ich Schläuche aus ihrem T-Shirt hängen.

12

Der Besuch meiner Töchter ist wie warmer Regen nach einem heißen Sommertag. Ihr Lachen plätschert auf meiner Haut.

13

Der Versuch, ein wenig fernzusehen, ist gescheitert.

Die heile Welt der Filmchen macht mich ganz kaputt und die kaputte Welt der Nachrichten ganz krank.

Beides habe ich auch ohne Fernseher.

14

Die Freundin kommt, strahlt mich an, bringt Blumen und gratuliert zum Überleben.

Sie weiß, worauf es wirklich ankommt.

15

Für ein paar Stunden teile ich mein Zimmer mit einer Ambulanzpatientin.

Am Abend kenne ich den Marktpreis für Schweinefutter, das Legeverhalten von Perlhühnern bei Gewitter und diverse Marmeladenrezepte.

Meine schmerzenden, vernarbten Brüste versuche ich schamhaft vor klickenden Fotoapparaten zu verdecken.

Als ich erwache, erweist sich das Fotoshooting als blitzgrelles Sommergewitter.

Zum Abschied reicht mir eine Schwester meine Papiere. Plötzlich erschrickt sie:

„Sie sind Privatpatientin. Das habe ich gar nicht bemerkt."

„Da bin ich erleichtert", sage ich lächelnd und schleiche noch etwas wacklig davon.

Die Dicke und die Dünne

(für Anton Tschechow)

Auf dem Bahnhof einer kleinen Berliner Vorstadt trafen sich zwei Freundinnen, die eine war dick, die andere dünn.

Die Dicke hatte gerade auf dem Bahnhofsimbiss zu Mittag gegessen und ihre Lippen, noch ganz fettig von der tropfenden Bratwurst, glänzten wie reife Kirschen. Sie roch nach teurem Parfüm und Goldschmuck glitzerte von ihren Händen.

Die Dünne dagegen war gerade ausgestiegen und mit Einkaufstüten beladen. Sie roch nach Haarspray und Weichspüler. Hinter ihrem Rücken schaute ein hagerer Mann mit langem Kinn hervor – ihr Ehemann sowie eine arrogant blickende Vierzehnjährige – ihre Tochter.

„Gabriele!" rief die Dicke, als sie die Dünne erblickte.

„Bist du es wirklich? Schätzchen…! Wie lange haben wir uns schon nicht mehr gesehen!"

„Ach du meine Güte!"

Die Dünne war überrascht.

„Sabine! Wo kommst du denn her?"

Die Freundinnen küssten sich wechselseitig und schauten sich lange an, Tränen in den Augen. Beide waren angenehm überrascht.

„Ist das eine Freude!", begann die Dünne nach der Umarmung.

„Nun schau mich doch mal richtig an! Immer noch die Selbe. Wie geht es dir? Ach je. Dich hier zu treffen. Nun sag schon! Bist du verheiratet? Ich bin verheiratet, wie du siehst. Das ist mein Mann Herbert, Versicherungsvertreter. Und das meine Tochter Cindy. Sie geht aufs Gymnasium. Darf ich euch meine alte Schulfreundin vorstellen!"

Mann und Tochter der Dünnen nickten zu einem vorsichtigen Gruß, aber die Dicke packte ihre Hände, schüttelte diese erfreut und blickte dann wieder interessiert auf ihre wieder gefundene Freundin aus Kindertagen.

„Wir gingen zehn Jahre in die selbe Klasse", fuhr die Dünne fort. „Erinnerst du dich noch, wie man dich geneckt hat? Man nannte dich Klößchen und später auch Feuerteufel, weil du mit der Zigarette ein Loch in das Klassenbuch gebrannt hattest und mich nannten sie Fräulein Petz, weil ich so gerne petzte. Haha … Wir waren Kinder! Cindy, komm doch ruhig näher. Das ist Cindy, weißt du. Sie hat es auf das Gymnasium geschafft, obwohl die Grundschullehrer das nicht empfehlen wollten. Aber so ein Brief an das Schulamt... Na ja!"

Cindy überlegte ein wenig und versteckte sich dann hinter dem Rücken des Vaters.

„Nun erzähl mal! Gabilein, wie geht es dir?" fragte die Dicke. „Bist du Beamte, wie du es immer wolltest und wo?"

„Ja, meine Liebe! Bin schon das fünfte Jahr auf dem Amt in der Verwaltung. Habe auch schon eine Anerkennungsurkunde, wegen der fünf Jahre, verstehst du? Das Gehalt ist nicht so doll, aber ich vertrete noch eine Firma, die Haushaltswaren auf Veranstaltungen bei Kunden zu Hause verkauft. Kennst du das? Da kann ich manchmal ordentlich was einfahren so nebenbei. Mein Mann kommt ja viel rum durch seine Versicherungen. Da macht er mir dann gleich Termine. Die guten Kundinnen schätzen es – Versicherungen und Töpfe aus einer Hand. Da fühlt man sich doch gut umsorgt. Bei der Arbeitslosigkeit heute muss man ja froh sein! Und stell dir vor, Cindy verdiente neulich richtig ordentlich Taschengeld. Sie spielte in dieser Serie, du weißt bestimmt, was ich meine, diese am Nachmittag, eine kleine Rolle. Ja, eine richtige Schauspielerin, unsere Cindy. Nun, wie sieht es bei dir aus? Schon auf wichtigem Posten in der Politik, wie du es immer vorhattest, um die Welt zu retten?"

„Wenn du es so sehen willst", sagte die Dicke. „Ich sitze für die Grünen im Bundestag. Aber mehr Freude habe ich an meiner Arbeit im Geoforschungsinstitut. Es geht um Wasserreserven für die Zukunft. Dabei kommt man viel rum. Ich war gerade ein halbes Jahr lang in Südamerika."

Die Dünne erblasste plötzlich und stand wie erstarrt da, aber bald verzog sie ihr Gesicht zu einem breiten Grinsen; es schien, als sprühten aus ihren Augen und ihrem Gesicht Funken. Sie selber schien zu schrumpfen, beugte sich leicht vor und wurde nun noch schmaler. Ihre Einkaufstaschen schrumpften ebenfalls zusammen und bekamen Runzeln. Das lange Kinn ihres Mannes wurde noch länger. Cindy reckte sich und fuhr sich mit der rechten Hand durch die langen Haare.

„Abgeordnete. Bundestag. Oh, wie schön dich zu sehen, Frau Doktor Sabine Müller. Oder sogar Professorin?"

„Na, hör auf!" sagte die Dicke und verzog das Gesicht „Wozu dieser Ton? Wir sind doch Schulfreundinnen."

Unterwürfig krümmte sich die Dünne.

„Sag, bist du verheiratet. Was ist aus deinem Andreas geworden? Ist er auch so ein hohes Tier wie du?"

Dabei lag so viel Neid in der Stimme, dass es der Dicken übel wurde und sie sich von der Dünnen abwandte.

Als sie ihr zum Abschied die Hand reichte, streckte sich Gabriele plötzlich:

„Gehörst du also tatsächlich zu diesen Politikern. Das passt zu dir. Und Andreas hat dich bestimmt sitzen lassen. Das verstand ich sowieso nie, wie dieser gutaussehende Kerl sich mit einer derart Übergewichtigen einlassen konnte."

Die Dicke drehte sich zum Gehen, aber die Dünne hielt sie am Unterarm.

„Irgendwann kriegen sie euch alle, ihr korrupten Staatsdiener. Unsereiner kann sich da abrackern auf dem Amt. Ihr ändert trotzdem alle Nase lang die Gesetze. Und nach den Diäten will ich gar nicht erst fragen. Hi, hi...", kicherte sie hektisch. „Eigentlich würde dir ja eine Diät mal gar nicht schlecht bekommen."

Die Dicke fühlte sich unbehaglich. Sie bemühte sich um einen versöhnlichen Ton.

„Lass mal gut sein, Gabi. Vielleicht sehen wir uns mal wieder."

Sie streifte sanft aber bestimmt die Hand der Dünnen von ihrem Arm. Das jagte der Dünnen Blut in den Kopf. Ihr Gesicht zeigte höchste Aufregung. Ohne Rücksicht auf mithörende Passanten rief sie der Dicken, die sich bereits einige Schritte entfernt hatte, nach:

„Du warst schon immer eine eingebildete Kuh. So dick und so eingebildet. Schau dir nur den Pferdehintern an, Cindy! Wäre dir das nicht peinlich, wenn deine Mutter so aussehen würde?"

Ihre Stimme überschlug sich. Dann wandte sie sich siegesbewusst an ihren Mann:

„Sie war schon immer die Hässlichste aus der Klasse, die keiner leiden konnte."

Schwungvoll warf sie ihre frisch blondierten Haare in den Nacken und stolzierte davon.

Auf dem Bahnsteig ganz in ihrer Nähe verfolgten zwei ihrer Kolleginnen vom Amt, die auf die nächste Bahn warteten, die Szenerie.

Sie waren ganz und gar nicht überrascht.

Im Einsatz für die Gerechtigkeit

„Ihnen wird Hausfriedensbruch vorgeworfen? Dann erzählen Sie mal."

Der Anwalt lehnt sich auf seinem breiten Bürostuhl zurück, um dem jungen Mann in die Augen sehen zu können.

Der Student erscheint ihm aufgeräumt, in seiner Stimme ist weder Aggressivität noch Gereiztheit zu erkennen. Hausfriedensbruch passt so gar nicht in das Muster dieses Klienten. Hoffentlich wird ihm sein Honorar bezahlt, wenn er vor Gericht verlieren sollte, weil die Anzeige doch gerechtfertigt ist. Wenigstens dieses Gespräch heute wird er ihm mit vollem Stundensatz in Rechnung stellen müssen. Warum denken diese jungen Leute nie an eine Rechtsschutzversicherung? Immer erst, nachdem das Kind schon in den Brunnen gefallen ist.

Neulich erst. Diese junge Frau, die nicht bemerkte, dass sich in ihre Wohngemeinschaft ein Mietnomade eingeschlichen hatte. Seine Mietschulden türmten sich in Form von ungeöffneten Briefumschlägen, die sie schließlich in seinem Zimmer unter dem Bett fand.

Nicht ohne Stolz denkt der Anwalt an seinen ausgehandelten Vergleich mit der Wohnungsgesellschaft, obwohl der jungen Frau selbst die Vergleichszahlung wie ein Schlag ins Gesicht erschien. Plus Anwaltskosten. Sie musste sich Geld borgen, um aus dem Strudel von Schulden herauszukommen. Der Verursacher, der sie beständig im Glauben ließ, die Miete ohne Umweg über ihr eigenes Konto gleich an die Vermieterfirma überwiesen zu haben, war und ist unauffindbar. Als Hauptmieterin musste sie für den Betrüger geradestehen. Die Rechtslage gab es einfach nicht anders her. Nun endlich schloss sie eine Rechtsschutzversicherung ab. Davon hat dieser junge Mann hier vor ihm sicherlich auch noch nie gehört.

„Ich bin über den Zaun gestiegen. Er war nicht sehr hoch. Einen Fuß auf die Türklinke, dann etwas Armkraft eingesetzt und schon konnte ich hinüberspringen."

Also, doch! Der Anwalt ist enttäuscht, dass ihn seine Menschenkenntnis so trügen konnte.

„Das ist Hausfriedensbruch, ohne Zweifel", sagt er.

„Spielt denn der Grund gar keine Rolle?"

Der junge Mann ist wirklich sympathisch, denkt der Anwalt. Seine ruhige Stimme, seine gewählte Ausdrucksweise. Klienten, die von ihrer Unschuld überzeugt sind, treten üblicherweise anders auf. Beschimpfen die Anzeigenerstatter oder verfluchen die Rechtslage, die Behörden oder sogar ihn.

„Vielleicht", erwidert der Anwalt und lässt eine Pause, um dem Studenten die Möglichkeit zu geben, seine Gedanken zu sortieren und den Grund für seine Straftat zu schildern.

„Bleibt es ein unerlaubtes Betreten des Grundstücks, wenn es darum ginge, Leib und Seele eines Menschen zu schützen?"

Der junge Mann formuliert seine Frage mit einer Naivität in der Stimme, dass der Anwalt ein kurzes Auflachen nicht unterdrücken kann.

„Also wissen Sie, damit werden wir nicht durchkommen. Hier steht, Sie haben sich auf dem Grundstück aufgehalten. Sie saßen länger als eine Stunde auf der Terrasse. Das bezeugen die Nachbarn, die Sie aus dem Fenster beobachtet haben."

„Das bestreite ich auch gar nicht. Ich saß auf dem Gartenstuhl vor dem großen Terrassenfenster."

„Und damit haben Sie Leben gerettet?", unterbricht der Anwalt den jungen Mann. Als dieser resigniert den Kopf schüttelt, besinnt er sich.

„Gut. Noch einmal. Erzählen Sie der Reihe nach. Warum haben Sie das Grundstück betreten?"

Ein Sachverhalt braucht immer mehrere Perspektiven. Diesen Leitsatz findet der Anwalt wieder einmal bestätigt, denn das zur Anzeige Gebrachte stellt sich nach dem Bericht des jungen Mannes nun doch ganz anders dar. Dass er ein Leben gerettet hätte, mag eine übertriebene Formulierung sein, doch einen Straftatbestand kann er nach den Schilderungen aus der Sicht des Studenten nicht mehr erkennen. Was war geschehen?

Der Student trug Werbeflyer aus, um sich ein paar Euro zu verdienen. Am Haus des Klägers hörte er ein lautes Kinderweinen. Schließlich entdeckte er ein kleines Mädchen im Haus, vielleicht vier Jahre alt, das sich schluchzend an die Terrassentürscheibe drückte. Er klingelte, weil er glaubte, die Eltern seien im Garten oder in einem anderen Zimmer und könnten aus irgendeinem Grund das Weinen des Mädchens nicht hören.

Doch niemand reagierte.

Als er sich vom Haus abwandte, steigerte sich das Weinen in hysterisches Schreien.

Irgendwie schien es dem jungen Mann so, als riefe die Kleine ihn und so stieg er mit einem Schwung über den Zaun, stellte sich vor die Terrassentür und redete freundlich auf die Kleine ein. Schließlich beruhigte sie sich, rutschte auf den Fußboden und lehnte sich an die Glasscheibe. Da holte er sich den Gartenstuhl, der etwas abseits stand, kramte in seinem Rucksack nach irgendetwas, das ihm eine Idee geben könne, um das Mädchen abzulenken. Mit einem Kugelschreiber bemalte er sich seine Finger.

Kleine Gesichter – Punkt, Punkt, Komma, Strich, fertig ist das Mondgesicht – tanzten nun lustig vor der Scheibe und tatsächlich beruhigte sich die Kleine. Er dachte sich mit seinem Fingertheater ein kleines pantomimisches Stück aus, womit er sie sogar zum Lachen bringen konnte.

Eine gute Stunde verbrachten die beiden so, bis in der einbrechenden Dunkelheit der Vater nach Hause kam und ihn schreiend am Schlawittchen packte.

Welch wundersame Wendung, denkt sich der Anwalt und setzt sich an seinen Computer, um nun seinerseits eine Anzeige an den Hausbesitzer wegen Verletzung der Fürsorgepflicht für seine Tochter zu schreiben.

Um seine Professionalität zu wahren, unterdrückt er rasch den kleinen Funken Schadenfreude, der sich in diesem Moment bemerkbar machen wollte.

Die Tasche des Studenten

Wenn er am Morgen das Schulgebäude betrat, bestand seine erste Handlung im Öffnen seiner Tasche.

Eigentlich handelte es sich eher um einen Ranzen, einen aus Schweinsleder, wie ich ihn in meiner Kindheit von meinem Bruder, er von unserem um Jahre älteren Cousin und dieser wiederum von seinem Bruder erhalten hatte. Ich schämte mich immer ein wenig wegen der abgewetzten Stellen. Doch mein Vater hielt diese Transportmöglichkeit der Schulsachen für die unwiderruflich stabilste, was ihn dazu animierte, farblos gewordene Stellen mit Schuhcreme aufzufrischen.

Der Student jedenfalls öffnete im Zeitalter der Rucksäcke und Schultertaschen sein Museumsstück täglich so, als wäre es ein religiöses Ritual. Er entnahm der Tasche einen Stift oder einen Kalender, ein Taschentuch oder seine Brille. Es war absolut gleichgültig, welchen Gegenstand er herausangelte. Nur die Wirkung vollzog sich Morgen für Morgen in der gleichen Weise.

Wer ihn nicht beobachtete, wunderte sich manchmal, wie denn ein so in sich gekehrter Mensch überhaupt den Weg bis in das Gymnasium dieser kleinen Stadt finden konnte, ohne dass er den Ausstiegsbahnhof verpasste oder vom Straßenverkehr mitgerissen wurde.

Wer aber aufmerksam das rituelle Öffnen der Tasche verfolgte, wusste bald, dass sich in diesem Moment der junge Mann aus der Hauptstadt in einen Lehramtsstudenten aus Wachsmasse verwandelte.

Morgen für Morgen ergoss sich ein geheimnisvoller Film unsichtbaren Wachses über ihn, hüllte ihn vollends ein, von der obersten Haarspitze bis zu den Fersen. Setzte sich in die Augenhöhlen, um sie mit einem eisigen Schleier zu überziehen. Legte sich schwer auf seine Schultern, bis diese in einer angezogenen Stellung verharrten und lähmte seine Beine, so dass er immer mit steifen Knien den wachsbegossenen Körper durch die breiten Gänge der Schule schob. Dabei schien er niemanden wahrzunehmen, grüßte nie, schlürfte schweren Schrittes an mit Bücherstapeln beladenen Lehrerinnen vorbei, die sich in Acht nehmen mussten, um nicht mit ihm zusammenzustoßen.

Er war der Student, ein Praktikant für wenige Wochen. Niemand musste diese Tatsache ernsthaft zur Kenntnis nehmen, nicht mal er selbst.

Mit einer Ausnahme.

Mir hatten sie ihn zugeteilt. In meinen Klassen sollte er hospitieren und einige Stunden unterrichten. Es ging in der Studentenbetreuung irgendwie der Reihe nach. Wie diese Reihe aufgestellt wurde, wusste niemand zu sagen. Nach welchen Kriterien sie ein Kreisverkehr geworden zu sein schien, der sich hartnäckig um wenige, meist ältere Kollegen drehte, war ebenso nicht zu ergründen.

Mir gehörte der Student und somit war ich für alles, was er tat verantwortlich.

Als wäre er ich, als wäre ich er.

Als könne ein Lehramtsstudentenbetreuer, zumal noch ein unfreiwilliger, den Zögling ähnlich einer Marionette an unsichtbaren Fäden lenken und leiten. Man müsse eben nur energisch und kräftig genug ziehen. Welch fataler Irrtum?

Bereits nach den ersten E-Mail-Kontakten keimten meine Zweifel. Seine ersten höflichen Anfragen beantwortete ich noch mit freundlicher Lockerheit. Er solle sich nicht an meinem Doktortitel stören. Der sei an einer ostdeutschen Schule sowieso eher hinderlich. Allenfalls meine Frau benutze ihn manchmal, um einen Arzttermin zum gewünschten Zeitpunkt zu ergattern. Er könne auch gern erst zu den späteren Stunden kommen, da ich die schlechte Zuganbindung kenne oder er könne mir auch gern per E-Mail-Anhang seine Stundenentwürfe schicken.

Wenige Tage später fragte er per Mail, wo er sich denn am ersten Tag seines Praktikums melden solle. Auf meine Antwort reagierte er sofort panisch.

Wie käme er denn in den Raum Dreihundertzehn? Woran würde er mich erkennen?

Ich schlug ihm schließlich für das erste Treffen das Sekretariat vor und versprach, ihn dort abzuholen. Darauf ließ er sich zwar ein, forderte jedoch noch eine genaue Wegbeschreibung durch das Schulhaus, denn mein Hinweis auf die Ausschilderungen, mit denen sich Schulfremde bisher immer gut orientiert hätten, genügte ihm nicht.

Als die Sekretärin ihren Wuschelkopf durch die Tür des Klassenraumes steckte, wusste ich es sofort: Ich hatte ihn vergessen! Ich kann nicht mehr genau sagen, ob ich noch Bücher in den Schrank räumte, etwas in meinen Unterlagen sortieren musste oder vielleicht mit einem Schüler ein Gespräch führte. Es war einfach so. Ich hatte ihn völlig vergessen.

Später erfuhr ich von der Sekretärin, dass er nach mir fragte, ihr dann beständig im Wege stand und sie ihn deshalb gebeten hätte, vor dem Sekretariat auf mich zu warten.

Schon an diesem ersten Tag muss er die Tasche bei sich getragen und mit der besonderen Wirkung eingesetzt haben, denn er stand unsichtbar und reglos eine halbe Stunde vor dem Sekretariat. Aus dem Gesichtsfeld der Sekretärin verschwunden, nahm ihn niemand wahr. Nachdem sich die resolute Sekretärin mit stürmischen Schritten eine Toilettenpause gönnen wollte, stieß sie unsanft mit dem Studenten zusammen, erinnerte sich und war sehr verwundert. Fragte, warum er sich nicht gemeldet hätte und leitete ihn, da sie seine Hilflosigkeit schnell erkannte, zu mir in die dritte Etage.

„Sie haben mich vergessen!", stammelte er weinerlich nach dem Unterricht.

Einige Schülerinnen grinsten, während sie den Raum verließen. Ein Schüler posaunte:

„Oh, oh! Dicke Luft."

Die Wirkung der Tasche durchschaute ich erst nach einer Woche. Mir fiel auf, dass er stundenlang auf seinem Stuhl festgewachsen schien. Er schrieb auch sehr wenig und stellte nie eine Frage. Er blickte mich nie an, wich jedem Schüler aus und sprach nur Halbsätze nach energischer Aufforderung.

Später ertappte ich mich dabei, Fragen an ihn schon so zu formulieren, dass sie die Antwort bereits enthielten, dass ich so lange sprach, bis er nur noch ein JA oder NEIN herausbringen musste.

Er war eine Wachsfigur, verschlossen, hilflos, wortkarg.

Ich fürchtete mich bereits vor den Unterrichtsstunden, die der Student erteilen sollte.

Bisher konnte er nicht einen Schüler mit seinem Namen ansprechen. Das blieb auch bis zu seinem letzten Tag so. Er sah nie irgendwo Probleme, wollte keine Erklärungen. Nickte nur kräftig mit dem Kopf, wenn ich wissen wollte, ob alles nach seinen Vorstellungen verliefe. Manchmal war er so unsichtbar, dass ich seine Anwesenheit über den gesamten Tag hinweg nicht bemerkte und mich am Abend fragte, ob er überhaupt gekommen war.

Eines Morgens platzte mir der Kragen. Vor dem Klassenzimmer im Korridor stehend holte ich zur Generalpredigt aus. Ich hatte mir mit Hilfe meiner Frau schlagkräftige Argumente und eindeutige Forderungen zurechtgelegt. Mein Kopf lief rot an. Ich spürte mein Herz schlagen. Dann ließ ich es heraus.

Kontakte mit den Schülern aufnehmen!

Im Lehrerzimmer erscheinen und dort laut und freundlich alle Kollegen begrüßen!

Täglich für das Klassenbuch und die Kreide Sorge tragen!

Meine Pausenaufsicht an einer anderen Ecke des Hofes unterstützen!

Auf Fragen der Schüler selbst antworten!

Angelegenheiten im Sekretariat ohne meine Hilfe klären!

....

Ich war nicht zu bremsen.

„und...", brüllte ich aufgeregt: „und bitte, stellen Sie Fragen! Irgendetwas müssen Sie doch zu fragen haben! Etwas muss Sie doch interessieren! Kritisieren Sie mich, fragen Sie, warum ich diese oder jene Entscheidung getroffen habe. Aber bitte, fragen Sie etwas. Wie sonst wollen Sie hier etwas lernen?"

Tatsächlich stellte er später einmal eine einzige Frage. Es blieb bei dieser einen Frage in der gesamten Praktikumszeit. Er fragte kurz vor Beendigung seines Praktikums in seiner monotonen Art und ohne sein Gesicht aus Wachs dabei zu bewegen.

Er fragte nach meinem *Gehalt*.

Das war die einzige Frage, die der Student mit der altmodischen Tasche jemals an mich, seinen betreuenden Lehrer stellte.

In seiner ersten Unterrichtsstunde wollte er mit den Schülern einer achten Klasse ein Diktat schreiben. Den Text dazu fand er in einem Material für Deutschlehrer. Er handelte von den schlechten PISA-Leistungen deutscher Schüler, einer soziologischen Untersuchung möglicher Ursachen dieses Dilemmas und den hehren Zielen laut gewordener Bildungspolitiker, die schon passgenaue Lösungen für die so ungebildete Jugend parat hatten.

Meine Zweifel an der Diktatmethode für eine Einstiegsstunde in das Lehrerleben schlug er mit dem Argument nieder, auf diese Weise könne er mit den Ergebnissen der Schüler eine Fehleranalyse erarbeiten und in den folgenden Stunden die Defizite der Rechtschreibung kinderleicht ausgleichen. Gleichsam würden die Lernenden durch die Aussage des Textes erkennen, wie schlecht es um ihre Schreibfähigkeiten bestellt sei, was sie sogleich motivieren würde, sich der Verbesserung ihrer Rechtschreibkenntnisse mit Freude zu widmen.

Eigentlich seien mir reine Orthographiestunden ein Graus, erwiderte ich, deshalb würde ich sie gern mit lebensnahen Textinhalten oder mit einer Arbeit an literarischen Texten verbinden. Sein Sprachmaterial demontiere ja geradezu das Selbstbewusstsein der Schüler, bevor sie überhaupt eine Chance zum Lernen erhalten würden.

Eigentlich wunderte ich mich ein wenig, eine so wortreiche Diskussion mit meinem sonst schweigsamen Studenten zu führen, war aber doch eher vom Inhalt unserer Auseinandersetzung in Beschlag genommen. Außerdem formulierte er zwar Sätze, sprach aber dennoch sehr langsam und ohne Engagement. Eher wie ein trotziges Kind, das auf gar keinen Fall von seiner Meinung abweichen wolle.

So blieb der Student mit seinem in Wachs gegossenen Blick standhaft. Das Material, ja die vollständige Unterrichtsreihe sei nämlich ein Vorschlag aus der Universität, ein von seinem Lieblingsprofessor erarbeitetes Material, schließlich sogar ein Teil einer Forschungsreihe, an der auch er, der Student, seine Examensarbeit anknüpfen möchte.

Ich kapitulierte gegen so viel Autorität.

Nach einer Woche mit zwei erteilten Unterrichtsstunden bat ich ihn, lauter zu sprechen und endlich die Namen der Schüler zu lernen.

Nach einer weiteren Woche begannen die Schüler in seinem Unterricht Hausaufgaben für andere Fächer zu erledigen. Ich ging, während er die Schüler gerade zögerlich um Antwort auf eine Frage zur Kommasetzung bat, durch die Bankreihen. Die Schüler verdrehten die Augen, flüsterten, ich solle mal etwas Turbo machen, es sei so langweilig, fragten mich ernsthaft, ob sie heimlich unter der Bank den Roman lesen dürften, den ich in der Woche zuvor ausgeteilt hatte und wovon ich mir erhoffte, dass der Student damit eine gute Grundlage für spannende Literaturstunden erhielte.

Meine Verzweiflung stieg.

„Du solltest ihn mal mit den Schülern allein lassen!", riet mir meine Frau. „Er muss es lernen, den Unterrichtsalltag ohne dein Eingreifen zu bewältigen."
Der Gedanke gefiel mir außerordentlich.
Am Morgen beobachtete ich wieder einmal die Verwandlung aus der Tasche.
Diesmal griff er nach einem Stapel kleinerer Übungsdiktate einer siebten Klasse. Die korrigierten Blätter leuchteten so kräftig rot, dass man glauben konnte, die Schüler hätten mit Rotstiften geschrieben und der Lehrer mit bescheidener blauer Tinte. Mit strengem Blick steuerte er auf den Klassenraum zu, würdigte niemanden auch nur eines Augenauf-

schlags und wartete wie gewöhnlich vor dem Raum auf mich.

Mein Versteck lag direkt im Klassenzimmer gegenüber, in dem gerade kein Unterricht stattfand. Das war perfekt. Ich hörte, wie die Schüler bereits ab und zu die Tür öffneten und den Studenten fragten, ob sie heute keinen Lehrer hätten.

Er ging einfach nicht hinein.

Der Lärm aus dem Raum wurde stärker, dennoch stand er unbeweglich vor der Tür.

Plötzlich riss jemand die Tür auf und ein ringendes Kämpferpaar halbwüchsiger Kerle wälzte sich auf der Erde direkt vor den Füßen des Studenten. Von ihm keine Reaktion.

Ich hatte keine Wahl. Meine Hände packten die Streithähne am Kragen und beförderten jeden auf seinen Platz, ich beruhigte die Klasse und setzte mich nun doch wieder in seinen Unterricht. Der Student startete schweigend mit dem Verteilen seiner korrigierten Blätter.

Mein Versuch, ihn in die Selbständigkeit zu schubsen, war kläglich gescheitert.

Inzwischen erschwerte die Studentenbetreuung mein Leben enorm. Klassenlehrer beklagten sich im Auftrage ihrer Schüler über die Unterrichtsführung des Studenten.

„Da musst du doch eingreifen!", schulmeisterten sie.

„Hast du die Stunden nicht mit ihm gemeinsam geplant?"

Er war ich. Ich war er.

„Kannst du ihm nicht mal das Grüßen beibringen?"

„Wieso greift er nicht ein, wenn die Schüler neben ihm sich bespucken?"

Er demontierte meinen Ruf. Ich kochte.

Im Auswertungsgespräch am Ende der Woche bat ich um eine Erklärung.

„Warum haben sie nicht einfach mit dem Unterricht begonnen? Warum greifen sie nicht ein, wenn sich die Schüler schlagen?"

Seine kurze aber resolute Antwort verschlug mir wieder einmal die Sprache. Da gebe es rechtliche Bedenken, meinte er. Bei einem so nahen Körperkontakt mit Schülern könnten sie ihn wegen Belästigung anzeigen.

Belästigung? *Er* war eine Belästigung? Sein neunmalkluges, angelerntes Universitätswissen war eine Belästigung? Und eine Beleidigung! Beleidigend für mich, für einen ganzen Berufsstand, für alle Lehrer.

Unser Verhältnis verkrampfte sich zunehmend. Nun wurde auch ich wortkarg. Seine Stunden überließ ich ihm kritiklos und im Geheimen sandte ich Stoßgebete zum Himmel, damit verhindert würde, dass dieser Mensch einmal tatsächlich mit einem Lehramtsabschluss vor eine Klasse tritt.

An einem Mittwochmorgen kippte ich während des Unterrichts des Studenten in der letzten Bank sitzend mit dem Kopf auf den Tisch und schlief. Als ein Mädchen schräg gegenüber kicherte, wurde ich sofort hellwach. Aber es war zu spät. Sie hatte es bemerkt. Und schon in der nächsten Pause lief die Nachricht durch die Schule. Ich hätte geschlafen, richtig geschlafen im Unterricht des Studenten. Das sei doch nun Beweis genug, dass man die Schüler von ihm befreien musste.

Meinen Schulleiter kenne ich schon seit den ersten Jahren als Junglehrer. Wir duzen uns freundschaftlich und vertrauen uns hier und da kleine private Dinge an. Er wollte natürlich wissen, was dran sei am Gerücht des Tiefschlafs.

Jetzt packte ich aus. Ich lud mir alles von der Seele, appellierte an unsere pädagogische Verantwortung und schlug vor, einen Brief an die Universität zu senden.

Schließlich sprach ich über das Taschenritual, wie ich inzwischen die morgendliche Erstarrung des Studenten nannte.

Auf diese Theorie reagierte der Schulleiter plötzlich in einer anderen Tonlage als zuvor. Seine Stimme wurde weich, seine Wortwahl sehr vorsichtig. Er begann beruhigend auf mich einzureden, fragte nach meinem sonstigen Befinden und erkundigte sich sogar nach meiner Frau. Ich spürte eine Freudsche Welle auf mich zukommen und sah plötzlich meine Pension gefährdet. Einer Zwangsbeurlaubung wegen geistiger Verwirrtheit zog ich dann doch lieber schweigsames Erdulden vor.

Auf der nächsten Lehrerversammlung wurde ich öffentlich für meinen jahrelangen treuen Einsatz in der Studentenbetreuung belobigt. Vielleicht wollte der Schulleiter auch nur meinen Ruf geraderücken.

Inzwischen beobachtete ich immer argwöhnischer das Taschenritual. Mir fiel auf, dass der Körper des Studenten auf dem Schulhof noch geschmeidig und sportlich wirkte, dass sein Gesicht in Bewegung zu sein schien und er an manchen Tagen sogar die Lippen gespitzt hatte, als würde er ein Liedchen pfeifen. Doch nach dem Betreten des Schulgebäudes und dem Öffnen der Tasche vollzog sich wieder und wieder jene geheimnisvolle Metamorphose.

*

Sie hatte ihn erst einmal kurz gesehen, dennoch erkannte meine Frau ihn zuerst. Sie war sich sofort absolut sicher.

Ich freute mich auf den gemeinsamen Theaterbe-
such und wollte nicht streiten. Ehrlich gesagt, es
kostet mich nicht viel, ihr einfach recht zu geben und
im Nachhinein ihren Irrtum zu genießen.

Doch diesmal behielt sie recht.

Unglaublich. Er war es. Der Student. Die Wachsfigur. Der nicht sprechende Lehramtsprobierer.

In einer Gruppe junger lärmender Theatergäste,
nach denen sich alle umsahen, da sich wohl der eine
oder andere belästigt fühlte, in dieser kleinen Traube
lachender, fröhlicher junger Menschen stand mein
Student. Vielleicht war er ein wenig zurückhaltender
als die anderen, vielleicht auch etwas schweigsamer.
Aber er war keineswegs aus Wachs. Seine Augen
leuchteten glücklich in die Runde und beim Betreten
des Theatersaales ergriff er zärtlich die Hand seiner
Begleiterin.

Ich war sprachlos.

Entschlossen trat ich in der Pause auf ihn zu.
Schon möglich, dass er mich wirklich nicht sah. Ich
wollte es testen. Wie und wann verwandelt er sich?
Die Schultasche trug er nicht bei sich. Er war weder
mit einem Anzug noch einem Jackett bekleidet. Er
trug nur ein weißes Hemd, dazu eine leichte aber
elegante Stoffhose. Er war ein anderer, ein absolut
anderer Mensch und dennoch, er war es.

Also sprach ich ihn an.

Es blitzte ein kurzer Moment des Überlegens in seinen Augen auf, doch dann stürmten die Worte nur so aus ihm heraus. Nach einer überaus herzlichen Begrüßung wurde auch meine Frau gebührend beachtet, alle seine Freunde mir vorgestellt und das *Herr Dr.* vor meinem Namen immer wieder voller Stolz trompetet.

Das Theaterstück verfolgte ich nach der Pause nur noch halbherzig. Ich grübelte, war erfreut, aber auch verunsichert.

Sollte wirklich die Tasche ...? Eine andere Erklärung gab es nicht.

Am nächsten Schultag fragte ich den Studenten beiläufig, ob er denn nicht einmal daran gedacht hätte, seine alte Tasche gegen einen jugendlicheren modernen Schulrucksack zu tauschen. Heute wäre das doch sogar mit einem Anzug vereinbar. Ob denn nicht selbst die Dozenten der Universität den Mut zu modischeren Exemplaren hätten.

Ich erzählte vom Ranzen meiner Kindheit, des vom Bruder, Cousin und Bruder des Cousins weitergegebenen Objektes der Peinlichkeit und forderte ihn auf, sich ruhig einmal bei den Schülern umzuschauen und Anregungen geben zu lassen.

Ich vergaß, dass wir wieder im Schulhaus saßen, denn mir klang noch das Treffen im Theater nach.

Ich vergaß, dass das rituelle zu Wachs Werden längst wieder vollzogen war.

Ich sah für einen Moment nicht die leeren Augen des Studenten und vergaß, dass er mich auch heute Morgen nicht begrüßt hatte.

Ich bemerkte nicht, dass er auch an diesem Tag mit keinem einzigen Schüler sprach, keiner Kollegin die Bücher trug, es nicht wagte, aus dem Lehrerzimmer das Klassenbuch zu erbitten und die Kreide aus dem Sekretariat zu holen.

Ich wollte ihn mit den Augen des vergangenen Theaterabends sehen.

Der Student blickte starr an mir vorbei, meinte er liebe diese Tasche sehr. Fügte noch kurz hinzu, dass sie schon seinem Vater die nötige Härte für den Lehrerberuf gegeben hätte und ging dann grußlos.

Eine schleichende Wachsfigur mit einer alten Tasche verließ das Schulhaus.

Es war sein letzter Praktikumstag.

Fragen Sie am besten mich!

Wären fünf oder fünfhundert Passanten auf der Straße. Egal. Ein suchendes Touristenauge würde *mich* erwählen.

Eigentlich habe ich längst den Wegweiserorden meiner Heimatstadt, einer Kleinstadt nördlich von Berlin, verdient. Ob ich nun zur Arbeit nach Potsdam unterwegs bin oder im Joggingdress am See laufe, ich werde um Auskunft gebeten.

Wenn ich gründlicher darüber nachdenke, so fällt mir auf, dass sich dieses Bedürfnis wildfremder Menschen, mich nach irgendeinem Weg zu fragen, auch in anderen Orten fortsetzt.

Gestern erst am Hauptbahnhof in Berlin.

Ein Herr mit graumeliertem Haar in schwarzem Mantel kramt nervös in seiner Tasche. Dann, ich erschrecke fast zu Tode, herrscht er mich an:

„Kurfürstendamm! Bahnhof Zoo aussteigen?" Sein Dialekt bayrisch, sein Blick fordernd, als hätten wir noch eine Rechnung offen. Ein Nicken und ein kurzes *Ja* ist alles, was ich vor Schreck herausbringe. Worauf er seine Tasche schnappt und wortlos in die eingelaufene S-Bahn steigt.

Und ich. Was mach ich?

Stehe und fühle mich schlecht, weil ich so unhöflich war. Ausgerechnet zu einem Fremden. Ich will nicht das Klischee einer muffligen Berlinerin erfüllen. Dabei war er auch nicht gerade freundlich. Aber wieso spricht er *mich* an? Der Bahnsteig ist voller Leute. Alle Altersgruppen, alle wartend. Es gibt keinen Grund dafür, den jungen Mann zwei Schritte neben mir nicht ebenso fragen zu können. Er hört nicht Musik, liest nicht Zeitung, spielt nicht mit dem Handy. Er steht einfach etwas nachdenklich da. Ganz so wie ich vor wenigen Minuten auch.

Etwas habe ich an mir. Irgendetwas stimmt nicht mit mir.

Wie auch immer. Ich sende das Signal:

„Hier wird Ihnen geholfen!" (Es heißt wirklich *Ihnen*, auch wenn die Werbung mal etwas Anderes behauptete.)

Ich ahne es aus der Ferne. Die alte Frau an der Kreuzung wird mich gleich ansprechen. Sie steht dort so zögerlich herum.

„Sagen se, is der Wej dolle jlatt. Sie kommen doch jerade von da. Ick hab keene Lust mir die Beene zu brechen."

Wieder kein „Entschuldigung, könnten Sie ...", kein „Guten Morgen".

„Oh ja, sehr", sage ich teilnahmsvoll. „Gehen Sie lieber die Parallelstraße entlang. Da ist gestreut."

Diesmal habe ich mich besser im Griff.

Sie klopft mir zweimal nachdenklich auf den Unterarm. Dann geht sie wortlos. Wenigstens kann sie mir nichts nachsagen. Ich war wirklich um Freundlichkeit bemüht. Bei einem Blick zurück sehe ich, sie schlägt weder den gefährlichen noch den ungefährlichen Weg ein. Sie geht in die komplett andere Richtung. Komisch. Warum fragte sie mich dann?

Ich bin es. Es kann nur an mir liegen. In meinem Gesicht muss so etwas stehen wie: „Fragen Sie am besten mich!"

Für meinen Heimweg am Nachmittag überlege ich mir eine neue Strategie: Blick auf den Boden, äußerste rechte Seite des Gehsteigs benutzen. Kopfhörer in die Ohren.

„Entschuldigen Sie bitte."

Ich hebe den Kopf.

„Könnten Sie uns bitte zum…"

Ich blicke auf und lächle. Soviel Freundlichkeit verziert durch ein *Bitte*. Das kann ich nicht ignorieren. Ich ziehe einen Kopfhörer aus dem Ohr.

„…KZ weiterhelfen?"

Der junge Mann verliert sofort seine Sicherheit, denn augenblicklich verliere ich mein Lächeln und runzele gequält die Stirn.

„KZ?" frage ich arrogant rhetorisch.

„KZ? Wir sind hier sehr froh, dass es in dieser Stadt schon sehr lange kein Konzentrationslager mehr gibt."

Er wird knallrot, stottert:

„Ähm, Museum?"

Jetzt runzelt *er* fragend, fast flehend die Stirn.

„Sie meinen die Mahn- und Gedenkstätte?", sage ich.

Warum bin ich nur so überheblich? Da spricht mich ein vielleicht Siebzehnjähriger endlich mal höflich an und ich führe ihn so vor! Diese Rolle der Wegweiserin steht mir einfach nicht. Ich möchte nicht mehr um Auskunft gebeten werden. Versteht das denn keiner?

Reiß dich zusammen, ermahne ich mich. Er kann nicht wissen, was ich denke. Also beschreibe ich den Weg. Wiederhole das Ganze noch einmal eine Spur höflicher und schicke zufriedene junge Menschen auf den Weg in die Begegnung mit dem dunkelsten Kapitel der deutschen Geschichte.

Am nächsten Tag auf dem Weg zur Arbeit bin ich wieder im alten Trott. Vor dem Bahnhof gebe ich Schülern die genaue Uhrzeit an, helfe Touristen zum Taxistand und kaufe einer jungen Mutter mit Kinderwagen den passenden Fahrschein am Automaten. In der Bahn gebe ich Auskunft über die Fahrzeit bis zum Berliner Hauptbahnhof, halte ich einem mindestens Neunzigjährigem die Abteiltür auf und hebe das Spielzeug auf, welches das Kind, dessen Mutter ich gerade noch zu einem Fahrschein verhalf, aus dem Kinderwagen warf.

Dann! Unglaublich! Ich kann es gar nicht fassen. Heute steige ich am Berliner Hauptbahnhof um, ohne auch nur ein einziges Mal angesprochen zu werden. Wie ist mir das gelungen? Habe ich etwas an meinem Verhalten, meinem Blick, meinem Gang geändert?

Auf der langen S-Bahnfahrt bis nach Potsdam wächst langsam in mir eine Idee.

Ich werde der Sache auf den Grund gehen! Den ganzen Arbeitstag über schmiede ich an meinem Plan. Dann steht meine Strategie fest: Der Spieß muss umgedreht werden. *Perspektivwechsel* heißt das Zauberwort.

Ich werde die Leute ansprechen.

Ich werde die Auskünfte einfordern.

Ich werde das Spiel dirigieren.

Das kann, das darf nicht warten. Schon auf dem Heimweg werde ich meine Feldstudie beginnen.

Am Nachmittag auf dem Rückweg gibt es in der ersten Etappe im Bus keine Gelegenheit, weil ich einfach nicht weiß, wonach ich fragen sollte. Dann aber, auf dem Potsdamer Hauptbahnhof drängen sich die Menschen. Das sollte klappen.

Und dennoch. Es ist gar nicht so einfach. Wen spreche ich nur an? Eine Frau sieht freundlich aus, aber sie läuft so hastig, dass ich sie nicht aufhalten möchte. Eine Gruppe Jugendlicher steht lachend vor dem Bahnfahrplan. Als ich beschließe, sie anzusprechen, marschieren sie in Richtung Ferngleise. Hinterherlaufen sieht wohl doch etwas aufdringlich aus, also bleibe ich stehen.

Da! Vor dem Bäckerstand. Die alte Dame! Sie werde ich ansprechen. Die hat Zeit, das sieht man deutlich, sie dreht ihren Kopf langsam von einer Richtung in die andere. Sicherlich vertreibt sie sich nur die Zeit, will mal unter Menschen sein. Es ist ja genug zu lesen über die Vereinsamung der Alten.

„Entschuldigen Sie bitte."

Natürlich versuche ich es mit Höflichkeit. Sie schaut durch mich durch.

„Sagen Sie bitte."

Sie hebt langsam den Kopf.

„Ich höre schlecht. Sie müssen lauter sprechen."

Na immerhin. Ich habe es geschafft. Der erste von mir gelenkte Kontakt.

„Wo fährt hier die S-Bahn zum Berliner Hauptbahnhof?"

Ich stelle mich unwissend. Ein bisschen mit schlechtem Gewissen. Eine S-Bahn zum Hauptbahnhof Berlins gibt es nicht in direkter Verbindung von Potsdam. Die Frau schaut auf die Uhr, dann fragt sie mich:

„Wieso Hauptbahnhof Berlin? Wir sind doch hier auf dem Berliner Hauptbahnhof!"

„Nein, nein, das ist der Potsdamer Hauptbahnhof."

Ich schüttle den Kopf. Sie verzieht das Gesicht, fast wirkt sie weinerlich.

„Das ist *nicht* der Berliner Hauptbahnhof? Meine Tochter holt mich aber in Berlin ab, vom Hauptbahnhof, hat sie gesagt. Ich sollte bis zum Hauptbahnhof durchfahren. Die Schaffnerin sagte, das wäre hier. Es ist auch schon so spät. Ich sollte halb fünf dort sein."

Sie atmet tief, beginnt in der Tasche zu kramen und reicht mir ein Handy. Alle Achtung. Das hätte ich ihr nicht zugetraut. Diese Seniorenhandys sind eine praktische Erfindung. Ich habe gerade erst meiner Mutter ein solches geschenkt. Mit den großen Tasten kommt sie bestens zurecht. Die alte Dame hat dann jedoch Schwierigkeiten, ihre Tochter anzurufen. Sie bittet mich, das für sie zu tun.

Zehn Minuten später ist alles mit der Tochter am anderen Ende des Handys besprochen, habe ich die Frau in den Regionalzug nach Berlin gesetzt und ist ein freundlicher Schaffner beauftragt, mit wachsamen Augen auf die Familienzusammenführung zu achten.

Meine Feldstudie hinkt.

An Aufgeben denke ich noch nicht. Lieber suche ich mir ein anderes Opfer. Also steuere ich zielsicher auf ein junges Pärchen zu und bitte sie, mir zum S-Bahngleis weiterzuhelfen. Das Mädchen schaut mich an, grinst, schaut kurz auf ihren Liebsten, dann wieder auf mich und lacht.

„Frau Schwenk, Sie wollen uns verar…, ähm, ich meine, Sie wissen doch ganz genau, wo die S-Bahn fährt!"

Sie knufft ihren Freund in den Unterarm und erklärt:

„Meine ehemalige Lehrerin, Deutsch, glaube ich."
Und zu mir gewandt:

„Hatte ich bei Ihnen Deutsch oder Musik?"

Immer noch hat sie ein breites Grinsen auf dem Gesicht.

Ich muss zusehen, wie ich einigermaßen unbeschadet aus dieser Geschichte komme.

Hastig erkläre ich der jungen Frau, die wohl irgendwann einmal meine Schülerin war, ich würde sonst immer mit der Regionalbahn fahren und von Potsdam aus hätte ich schon sehr lange nicht mehr die S-Bahn genommen. Außerdem sei jetzt alles so überdimensional weihnachtlich geschmückt, da sehe der Bahnhof völlig fremd aus.

Sie schaut irritiert und kneift die Augen etwas zusammen. Als sie noch etwas erwidern möchte, verabschiede ich mich schnell und schlage zielgerichtet und hastigen Schrittes den Weg zur S-Bahn ein.

Auf meinem langen Weg nach Hause denke ich, vielleicht ist ja das Auskunftgeben meine Bestimmung. Wozu sich dagegen wehren!

Also, sollten Sie einmal in meiner Region unterwegs sein, dann *fragen Sie am besten mich!*

Heimatsuche

Endlich besucht er den Ort seiner Kindheit.
Endlich begreift er seine Erinnerungen.

Das traditionelle Bauernhaus seiner Eltern steht nicht mehr, aber die Straße des kleinen masurischen Dorfes lässt sie alle auferstehen. Seine Eltern, seine Geschwister und Eva.

Auf einem für sie viel zu großen, klapprigen Fahrrad sieht er sie radeln, sieht sich mit ihr zum See laufen, ins Wasser springen und schließlich sie fest an den Händen haltend mit ihr im Gras liegen.

Das ist der Ort seiner jahrzehntelangen Träume, erinnert in der Fremde, deutlich vor Augen, wenn er sie schloss. Das Bild der alten gepflasterten Dorfstraße bewahrte er in sich als Ankerpunkt seiner Erinnerungen.

Sein Lebenskreis schließt sich. Die Rastlosigkeit hat ein Ende. Wie gut es war, diese Reise noch auf sich zu nehmen.

Am nächsten Tag lässt er das Dorf ohne Wehmut hinter sich, kehrt zurück in die Fremde. Dorthin, wo er nie ganz heimisch wurde, wo er immer der Zugereiste blieb, der Flüchtling. Seine Heimat bewahrt er im Herzen.

Zwanzig Kilometer Trugschluss. Das Dorf seiner Kindheit mit dem gleichen Namen wie der besuchte Ort liegt am anderen Ende des Waldes.

Davon wird er nie erfahren.

Und schließlich sogar
Sonnenuntergang

Die Scheune brennt.

Lichterloh.

Sie brennt und alle Umstehenden wissen, sie wird niederbrennen. Bis auf den letzten Strohhalm, die letzten Holzbalken. Es ist nichts mehr zu retten. Wenn so eine Scheune erst einmal brennt, dann war es das mit ihr.

Lichterloh.

Mehr als achtzig Jahre lang stand sie dort. Recht groß und stolz. Angemessen für den Bauernhof, der noch heute eine gute Figur macht.

Sie kennt es nicht anders, seit sie vor siebzig Jahren von ihrem Falk als seine Ehefrau auf diesen Hof geführt wurde. Der Bauernhof samt Scheune ging damals an sie über, vererbt von den Schwiegereltern, die sie einst auf eigenem Land groß und stolz und bedeutsam mitten ins Feld gebaut hatten. Sie nahmen in Kauf, dass sie fast drei Kilometer zum Dorf zurücklegen mussten.

In der Mitte des Hofes befindet sich schon lange nicht mehr der Misthaufen, laufen auch keine Hühner mehr frei herum. Nur die Linde steht dort noch. Darunter die von Falk selbst gezimmerte Bank, auf der sie Zeit ihres Lebens gern saß und heute fast den ganzen Tag verbringt.

In wenigen Tagen werden sie alle kommen. Die Kinder, die Enkel, der Bürgermeister, die Nachbarinnen mit ihren trinkfesten Männern, die ehemaligen Kolleginnen aus der LPG. Sie alle werden mit ihr auf ihren neunzigsten Geburtstag anstoßen und dabei traurig auf die verkohlten Reste der alten Scheune schauen.

Als die Feuerwehr eintrifft, bleibt nicht mehr viel zu tun. Hier und da werden ein paar Glutnester beseitigt, dann die Freude darüber geäußert, dass alle Bewohner umsichtig gehandelt hätten und in der Scheune zum Glück kein Stroh gelagert wurde.

Nur Gerümpel. Wenig Brauchbares.

Die wenigen uralten Gerätschaften, für die niemand mehr Verwendung hat, sie sind entbehrlich.

Für die Wohnhäuser links und rechts bestehe nun auch keine Gefahr mehr. Und für das große Bauernhaus in der Mitte gab es zu keiner Zeit Grund zur Sorge.

Sie verteilen noch etwas Wasser fachmännisch auf die zusammengefallenen Reste der Scheune, als würden sie doch einmal zu gern ihre Technik zum Einsatz bringen, packen dann zusammen und ziehen zufrieden ab.

Die Scheune ist abgebrannt. Was für ein Nachmittag!

Sie setzt sich müde auf die Bank unter der Linde und betrachtet, was übrig ist.

Als der neunjährige Sohn der jungen Lehrerin aus dem Wohnhaus auf der Südseite des Hofes mit hängendem Kopf auf sie zu schleicht, ahnt sie von der Beichte, die sie gleich hören würde.

So ist es und so war es immer, denkt sie ohne Zorn. Kinder probieren sich aus, springen von Strohballen, klettern auf Mauern, schwimmen im Löschteich oder kokeln mit Streichhölzern.

Diesmal war es eine Kerze. Mit einer Kerze hatte der Kleine hantiert, um zu sehen, ob er das heiße Wachs auf den Händen aushalten könne. Er konnte nicht, ließ die Kerze vor Schmerz und Schreck fallen und rannte panisch aus der Scheune, als er bemerkte, dass er der Lage samt Flammen nicht mehr Herr werden würde.

Mit der Hand weist sie schweigend auf den Platz neben sich. Der Nachbarsjunge versteht, lässt jetzt wieder seinen Tränen freien Lauf, wie schon vor zwei Stunden, als seine Mutter ihn ansprach. Allein die Frage, ob er etwas mit dem Brand zu tun habe, löste einen Sturzbach an Tränen aus, dass es außer Frage war, noch weiter nach den Ursachen suchen zu müssen.

Es rührt sie, dass er so schuldbewusst zu ihr auf die Bank kriecht. Der kleine Bengel hat seine Lektion gelernt, denkt sie. Deshalb streicht sie ihm sanft über den Rücken.

Sie sitzen schweigend. Lange und einträchtig, bis in den noch immer warmen Abend hinein. Ihr Neffe, der mit seiner Familie seit vielen Jahren auf dem Hof wohnt, zieht immer mal wieder mit einer Harke die verkohlten Reste breit, damit sich die kühle Abendluft auf die heißen Ziegel legen kann. Frieden und Stille kann nun wieder einziehen.

„Was ist das?", fragt der Kleine, der inzwischen müde seinen Kopf an ihre Schulter lehnt. „Ist das die Sonne?"

Es ist die Sonne! Mit ganzer Kraft steht sie am Horizont des Feldes. Grell leuchtend, als Feuerball. Nach wenigen Minuten formt sie sich zu einem glutroten, orangeschimmernden Himmelsstreifen.

Angelockt von diesem Schauspiel kommen die junge Lehrerin und auch die Frau ihres Neffen aus den Häusern, die einstmals Ställe waren und noch ihr Falk zu schönen Wohnhäusern ausbauen ließ. Wie gebannt blicken sie über die verkohlten Reste der alten Scheune.

Zum ersten Mal liegt der Blick frei auf die untergehende Sonne.

Zum ersten Mal kann sie von der Bank unter der Linde ins freie Feld blicken.

Zum ersten Mal taucht die Sonne unter den Augen der Hofbewohner glutrot in den Abend ein.

Siebzig Jahre lang war ihr dieses Schauspiel nicht vergönnt, war es verborgen hinter dem Stolz, den eine große, hoch gebaute Scheune als Zeichen eines wichtigen Bauerngehöfts in die Welt tragen sollte.

Sie hat alles, was sie braucht.

Und schließlich sogar Sonnenuntergang.

Nachwort

Als ich vor Jahren eine Lesung eines sehr bekannten Schriftstellers in meiner Heimatstadt besuchte, wurde der Autor von einem Besucher gefragt, wie viel denn an seinem Text aus dem wirklichen Leben entnommen sei. Ich erinnere mich nicht mehr an den konkreten Wortlaut der Antwort, doch weiß ich noch sehr genau, dass ich diese Frage absurd fand. Ein Roman ist doch kein Fisch, den ich seziere. Und was sollte ich anfangen mit den Gräten der Biografie, die dann vor mir liegen?

Wenn ich Belletristik lese, will ich in eine Geschichte hineingezogen werden, will ich mitfühlen, mitleiden, mitlachen, will mich selbst darin finden und am Schluss mehr vom Leben verstehen.

Der Schriftsteller formulierte seine Antwort ungefähr so: Reale Ereignisse seien immer Auslöser für seine Ideen, aber nichts habe sich genau so ereignet, wie in seinem Buch beschrieben.

Dafür war ich ihm dankbar. Verwundert war ich nur darüber, dass der Besucher sich damit nicht zufriedengeben wollte. Immer wieder hakte er nach, um dem Schriftseller etwas zu entlocken, was auf seine

Person, auf seine Biografie oder auf Menschen aus seinem Umfeld wahrheitsgetreu zutreffen könne.

Da nahm ich all meinen Mut zusammen – denn ich war noch sehr jung und der Schriftsteller wirklich sehr berühmt – und bedankte mich dafür, dass ich nicht das Leben des Autors sondern ganz und gar mein eigenes Leben, meine Gedanken, Zweifel, Hoffnungen und Gefühle in seinem Buch vorgefunden hätte, obwohl die Handlung nichts mit mir gemein habe.

Der Autor nickte erfreut und wohl auch etwas von den bohrenden Fragen des Besuchers erlöst.

Tina Furahn
Dezember 2023

Tina.Furahn@online.de